海边的史蒂文斯

中 西 诗 学 之 思

程 文 著

ZHEJIANG UNIVERSITY PRESS
浙江大学出版社

图书在版编目（CIP）数据

海边的史蒂文斯：中西诗学之思 / 程文著. -- 杭
州：浙江大学出版社，2022.4
ISBN 978-7-308-22395-9

Ⅰ. ①海… Ⅱ. ①程… Ⅲ. ①比较诗学－诗歌研究－
中国、西方国家 Ⅳ. ①I207.22②I106.2

中国版本图书馆CIP数据核字(2022)第038800号

海边的史蒂文斯：中西诗学之思

程 文 著

责任编辑 黄静芬

责任校对 徐 旸

封面设计 周 灵

出版发行 浙江大学出版社

（杭州市天目山路148号　 邮政编码 310007）

（网址：http://www.zjupress.com）

排 版 杭州林智广告有限公司

印 刷 杭州杭新印务有限公司

开 本 787mm×1092mm 1/32

印 张 13.5

字 数 240千

版 印 次 2022年4月第1版 2022年4月第1次印刷

书 号 ISBN 978-7-308-22395-9

定 价 58.00元

——

你声如洪钟
我在你的钟声里徘徊

献给恩师傅浩先生

——

诗思睿哲，灵气逍遥

——程文《海边的史蒂文斯：中西诗学之思》诗集序

一部即将由浙江大学出版社出版的厚厚诗集《海边的史蒂文斯：中西诗学之思》的排版稿摆在我面前，这是作者在抽象诗学探索中获得的重要实践成果，是中国诗歌创作前沿的一缕新风，也是继其国家社科基金项目优秀结题成果《华莱士·史蒂文斯抽象诗学》由同一家出版社出版之后的又一骄人成绩，真是可喜可贺！作者程文兄是我多年的同事和诗友，在其诗集不日付梓之际，约我为之作序。我虽对抽象诗学理论不太有把握，对他实践的体会更是不深，心怀忐忑，但还是基于诗谊而慨然应允。

从诗集新异的书名即可感知作者的苦心孤诣、雄心壮志和才智诗情，这个书名像是他对抽象诗创作的一个宣言。这部沉甸甸的诗集，正如书名所示，是大洋此岸史蒂文斯式的严肃之作，里面300余首诗是中国学者诗人纯正的抽象诗学作品。诗集中除了内篇中的少量短诗属于中国古典诗歌的典雅美学范畴以外，绝大多数作品均为抽象诗学的诗风。诗集的名字实际上是其中一首短诗的题目，作者将其作为全书的名称，不仅是为了与众不同，而且是为了一种追求，一种对抽象诗学的知音式继承和发展。正如他所说："诗歌是永无止境的探索，伴随人的始终。"相信这部诗集的问世会给中国诗歌的创作开启新的境界，并对其风格的发展产生积极的影响。

程文兄原是一名军医，在景色绝佳、云雾缭绕的庐山顶上的一家医疗机构工作，但他的志趣更在文史与外语上，于是毅然舍弃了待遇优厚、环境优越的工作。经过了"江湖夜雨十年灯"的寒窗苦读，他考入中国社会科学院外国文学研究所，攻读博士学位，做高深而又艰苦的研究，师从著名学者、诗人、翻译家傅浩先生，研究美国大诗人华莱士·史蒂文斯，对史蒂文斯抽象诗学的理论与实践进行深入透彻的研究和体悟。2012 年，程文兄顺利完成博士论文《论华莱士·史蒂文斯诗歌中的抽象》，并通过了答辩。毕业后，他到宁波大学外国语学院工作，从事外国文学与比较文学的教学与研究。2014 年，他承担国家社科基金项目"华莱士·史蒂文斯抽象诗学研究"；2020 年，项目以优秀结题，其研究成果《华莱士·史蒂文斯抽象诗学》当年即出版。两年后，他又将多年来所作的抽象诗学的诗作辑为一编，作为抽象诗学理论研究的实践部分，与前面的专著构成了姊妹篇。

细观这部诗集，不难发现，程文兄关于史蒂文斯抽象诗学的理论研究与创作实践是同步进行的。诗集中，他最早的诗作大约始于他到首都北京攻读博士学位之时，最晚的诗作是在出版这部诗集之前，前后时间跨度有十三四年，基本上反映了他对史蒂文斯抽象诗学的研究与实践的经历。他好学深思，研写结合，互为促进，走的是一条特别的诗人之路。这些诗作可谓是他长期将理论运用于实践，研习、体悟、不断探索的结果。

与中国其他抽象诗人不同，程文兄是诗人中的学者，学者中的诗人，透彻而又忠实地实践着史蒂文斯的抽象诗学，独一无二的研究经历与学养才情使他成为中国抽象诗真正的开拓者。

从程文兄在博士论文中所展示的他在研究史蒂文斯时所收集的文献资料来看，学者们对史蒂文斯诗歌研究的观点以及对"抽象诗学"概念的理解还在讨论阶段，尚未达成共识，但他们对史蒂文斯诗歌理论的开创性贡献以及他平生诗作的超高水平都是绝对认可、毫无异议的。那么，究竟什么是抽象诗学呢？这样的诗作属于什么美学范畴呢？这两个问题，虽然不是本序所讨论的范围，但史蒂文斯本人以及程文兄的观点和相关表述，值得在此一提。

从创新和探险的角度来说，诗是不可定义的，它是人类突破想象能力和表述方式的美学实验，永远在路上。但从史蒂文斯一生的抽象诗创作和理论特征来看，我们似乎也能总结或列举出一些前所未有的说法。比如：诗是学者的艺术；诗人是没有最终思想的思想者，在永远新颖的宇宙；人即想象，想象即人；在对理念的沉思冥想中，诗人的视野囊括宇宙万象；在多元变换之中，诗人追求秩序，寻求终极，向往圆满；诗人心智的动力全是趋向抽象，而这种动力是他个人禀赋、文学传统与时代环境共同作用的结果；最初的理念是想象出来的东西，想象的成就极致是抽象；诗歌是独立存在的事物；"想象"和"现实"的发展、变形和融合产生"最高虚构"，其表现形式必然是诗歌。他的《秋天的极光》（"The Auroras of Autumn"）在一定程度上代表了抽象诗学的美学特征。该诗共十章，采用三行体的形式，运用"大蛇"（the serpent）来直接隐喻极光，通过对极光的描绘来表现人的内心世界与大自然外部世界的关系，抒发大自然的雄伟与人的孤独渺小感，是想象与现实物象结合的哲理思考。全诗的想象是极度的，一系列的隐喻极为新颖精巧，像极光一样玄妙，是"越界"(metalepsis)的代表作，达成了命运与激情、人与世界的和解。

程文兄在研究中，对史蒂文斯的抽象诗学理论及其各诗集的诗作进行了深入考察。他将其置于欧美（以及中国）的哲学和文学传统中，以历代的哲学与文学思想为背景来考释"抽象（诗）"的由来，力图给抽象诗学一个深刻、合理的解释。他认为，史蒂文斯的诗歌是一个"流畅的世界"，史蒂文斯的抽象诗学理论就是我们借以探索这个世界的地图，而地图是对真实世界的抽象；诗歌以"越界"行为对现实和想象进行抽象，达到最初理念和象征的契合，形成"最高虚构"，它是"超越当前认识的生命，比当前的辉煌更明亮的生命"。程文兄的诗歌正是他沿着自己所认识和体悟的史蒂文斯抽象诗学的概念和思路，进行的实践和从事的创作。他在诗歌创作中努力将极度的想象、新巧的隐喻与越界的手段运用到自己对抽象诗学的体悟和实践中。

其两年前出版的《论华莱士·史蒂文斯诗歌中的抽象》就已经体现了研写结合的特色。该书收有他于 2018 年 9 月至 2019 年 2 月在美访学时追寻史蒂文斯先哲足迹而进行哲理思考的九首英汉双语商籁体诗作，显示了他多年来不断写作而提高的水平，而双语写作（而非狭义翻译）则又说明他具备了跨文化的国际诗人身份。除第一首诗歌以外，其余八首采用的是连环体，即前面一首的结尾一句也是后面一首的开头一句。这种写作于不同时间、不同地点的诗作，能做到尾首相连、诗意贯通，在构思立意上已属创举，更何况还是双语写作。在学术专著的各章前面加上自己创作的诗歌，使文学写作与学术写作有机结合，这也是打破学术著作体例的创举，比过去以诗论诗的形式又有创新，因为以诗论诗的诗本身只是押韵形式的论文，本质上不是诗，而程文兄的这九首诗是诗，并不是论文。这里出于评论需要，姑且拿第三章"史蒂文斯早期诗歌的抽象风格"前面一首题为《迎着怀疑之风，如何重返家园？》（"How to Go Back to Our Being in the Wind of Suspicion?"，收入本书第230—231页）的诗作为例子。

这首诗是九首中的第五首，作者在2018年10月写于美国伊利诺伊州迪卡布。虽然作者的这九首诗在诗体形式上采用了传统的商籁体（这一诗体在民国时期就被引入中国的诗歌写作中），但在内容上，作者在抽象诗学的诗思中进行了创作，这九首诗均具备抽象诗学所包含的诸要素。诗的主题是人生的玄思和追问，而技术手段也是抽象与越界，在想象与现实之间纵横。诗中的想象与隐喻都是极致的，作者创造了一系列绚丽的意象，设问和矛盾修饰法的运用体现了该诗的特色。

如果说，以上的诗作与其学术著作有着某种联系，是文学与学术的两相配合，那么，这部诗集（尤其是外篇这一部分）则是纯粹的中西抽象诗学之思，是他力图在中国诗歌界建立抽象诗学新诗风的可贵尝试和探索。程文兄细致具体地观察生活，并善于总结升华，极具想象力，他感觉敏锐，隐喻新巧，意象纷陈，境界空灵。其作品甚多，无法一一评论。这里随机列举几例，来管窥一下他的诗作达到的水平和体现的诗情。

（一）《云》

对人与自然关系的极度想象性哲理思考是抽象诗学作品的一个典型特征。程文兄的《云》（第88—91页）很好地反映了这一特征。他善于将自然和生活中常见的物象捕捉到诗里来，诗集中此类诗作颇多。古今中外的诗人写了很多关于云的作品，但外在的物象都是为表达作者的内心世界服务的。诗人在不同的诗思和哲思的影响下，会从不同的角度运用物象，将其表现为不同的意象。该诗共六章，每章都从不同侧面来设喻，每个隐喻都十分新奇精巧，全诗对云的博喻是极尽想象力的，其隐喻的技巧与主题性都与史蒂文斯的《秋天的极光》颇为类似。作者通过云的各种隐喻和描写，塑造了云的神奇，表现了现代人与大自然的各种关系。亲近——"描绘忧愁的形状 /……/ 留下我们 / 静静地坐着 / 忘记了忧愁"。深奥——"满天的云 / 是一本看不完的书 /……/ 还像昨天一样新奇"。炫彩——"仿佛厚厚的帷幕 / 隔开现实与想象 / 两个世界之间 / 无穷的细节变幻 / 微妙的光影交错 / 壮丽的戏剧 / 在云端上演"。和谐——"满天的羽毛 / 落入了远方的雪山 / 就像你的眼神 / 落进我心里"。玄妙——"云和城市一样缥缈 / 飘在紧闭的好奇心之上 / 它们像是在酝酿着什么 / 无声地燃烧 / 像是癫狂、痛苦的聋哑人 / 拼了命地打着手势 / 空中有一个巨大的口型！"这些诗句让人非常难忘，让人明确认识抽象诗的面貌。

（二）《虚 构》

看到《虚构》（第167页）这首诗的题目，我们就会想到史蒂文斯的《最高虚构笔记》(*Notes Toward a Supreme Fiction*)，这首长诗标志着抽象诗学的建立。《最高虚构笔记》是抽象诗学理论与抽象诗创作两相结合的理想范例，是对诗歌表现力之极致的一次英勇探险，力图证明：诗既是想象，又是现实，而理想的诗，是想象的极致，亦即想象的终极抽象。《最高虚构笔记》采用三行体的形式（虽然抽象诗不一定讲究诗歌的语言形式，但从这一诗风的多元化特征看，它也不拒绝语言形式以及相关的寓意；三行体在英诗中也是不多见的，但三行的数目应该有天、地、人三才的寓意，或者说具有中国道家"道生一，一生二，二生三，三生万物"的某种意蕴；同时，还可以将汉代扬雄在《太玄经》中提出的三进制以及玛雅人数学中的三进制所包含的宇宙哲思考虑进来）。程文兄的这首《虚构》虽与史蒂文斯的著名作品不同，但我们不妨在一定程度上将其视作对史蒂文斯之作的一个补充。该诗通过少年编故事的形式或诗的虚构将人生的甜蜜、痛苦、伤感、欲望等与世界联系起来，对虚构与真实、自我与世界的关系进行哲思。可以说，这是一首继续思考抽象诗学理论与抽象诗创作的佳例。诗的结尾非常精彩，它通过情感的视角把人与世界的主观与客观、真实与虚构、实际的秩序与颠倒的认知等关系，用一句极为诗意的话进行了概括。

（三）《琴　弦》

音乐是诗的孪生姐妹，诗人对音乐的神奇功能具有特殊的感知和思考。古今中外的诗人都写有大量以音乐或音乐演奏、歌曲演唱为主题的作品。程文兄的这首《琴弦》（第149—150页）从抽象诗学的美学观出发，聚焦于琴弦，然后生发到演奏，进一步思考音乐的来源，即音乐既有外源的风（这可能受到庄子对音乐论述的影响），又有内源的心，内外的结合方有音乐。抽象诗学追求一种想象和哲理的极致，力图超越现有的思想和语言限制，达到"终极思想的思想者"的境界。音乐作为一种特有的玄妙艺术形式，其表意性和结构性都超越我们的日常语言，因此成为诗人必咏的对象。该诗将人心、琴弦、演奏、风、光之间的错杂关系表现了出来，追问音乐的来源，达到了空灵的极致，特别是结尾句，运用化听觉为视觉的越界性通感，让读者看到，对音乐的理解和欣赏是一种微妙的境界，恐怕只有真正的诗人才能达到这种境界。设问特别提醒读者，让人想象音乐在主客观结合时所能产生的高妙。这应是对抽象诗美学特征的一个宣示。

（四）《夏之断章》

这首诗题为《夏之断章》（第277页），无疑有意隐去了其他相关内容，集中在对于夏天的人与自然的某一片段的诗思与玄想。在这里，夏天的地上植物生长茂盛，天上白云飘过，而天地之间的诗人也极力在纸上倾泻词语，让思想繁盛地生长出来，让才情表现出来。但是，诗人对天地之间的活动与生存表现出了迷茫和忧思：与音乐相比，诗人的语言容易定型，变成失去活力和自由的规定，"就像是骏马／赶进了跑道围栏"，被拦住了，出不来了。但诗人仍对夏天万物的欣欣向荣、天地的朗畅开阔感到舒爽。"在环绕的绿树之外／演出花腔女高音的哑剧／人也依旧／收敛了笑容"几句诗，是从春天写到夏天的，虽然是"断章"，但在构思的文意上还是与春天连接了起来，只不过夏天更多的是浓郁的绿荫，没有了春天烂漫含笑的百花，夏天没有"春意闹"，成了"哑剧"。人与夏天的沟通是有限的，天是无言的，人在天地之间显得寂寞，难以同客观世界做回应式语言交流，诗人在大自然中只能探险、想象，无法了解到大自然本身的奥义，就像作者在《云》一诗中所说的那样："它们像是在酝酿着什么／无声地燃烧／像是癫狂、痛苦的聋哑人／拼了命地打着手势／空中有一个巨大的口型！"这种寂寞感在《一个没有做的梦》一诗中也有表达："坠落的流星／扑向玻璃窗的飞蛾／寂寞世界里的一声呐喊。"这样的呐喊，是以生命为代价的悲剧性举动，超越了人类语言的范畴。这种语言与超语言举动的呐喊，能惊醒几个世人，正是抽象诗写作的主题之所在。

（五）《暴　雨》

达到主客观的统一、内与外的统一、物与我的统一，寻求终极，向往圆满，是抽象诗学的主张，程文兄在诸多诗作中努力实践着这样的诗歌旨趣。这首《暴雨》（第146页）是个代表。

该诗将"雨"与"我"合而为一，在结尾说出了"我是一

场雨 / 雨就是我"。人生即一场暴雨，这把人以及诗人的事业与理想的宏伟壮阔、有声有色描写得何等恰当妥帖！想象的极致必然要通过新颖精巧的隐喻来完成。一般来说，隐喻的本体与喻体之间存在着张力，即两者之间存在着异质性，两个概念之间的异同正是认知的映射和想象的空间。但这种对隐喻的理解在这首诗里得到了超越与升华。也就是说，两个概念之间的差异性在这里已被取消。我们看到诗人的"一场雨走过我 / 我岂在雨之外呢？"以及"暴雨模糊了我 / 我模糊了雨"这些诗句，便知道他是有意取消这种差异的，以达到物与我的统一。如果说，史蒂文斯创立了抽象诗学并通过大量诗作宣示了这一新诗风的建立，那么，在抽象诗的探险中添加中国文化的元素，使其多一股源头活水，则是程文兄对抽象诗创作的贡献。从某种程度上说，程文兄的抽象诗探险是对史蒂文斯的继承和发展，让抽象诗学在中华大地上生根、发芽、开花、结果。

程文兄把他的诗作编排为外篇"他山之石，可以为错"和内篇"他山之石，可以攻玉"。这种考虑自然受到了中国诸子著作（如《庄子》）编排方式的影响，同时也说明他对自己的著述具有严肃性和厚重性的考量。内篇收入了他探索格律诗的诗作 80 首。这些诗作是他注重学习中国传统诗歌的结晶，也是他尝试将中国诗学与西方诗学结合的作品。这里也选出两首，略加评论。

（六）《庐山寻雪》

这首《庐山寻雪》（第 334 页）为古绝，具有中西诗学结合的特色。从抽象诗学的角度来说，第一、二句的隐喻极为新奇，将雪与梦以及庐山联系起来，这种奇幻感和高深感都是抽象诗的特征。从中国古典格律诗的辽远冷峭意境来看，第三、四句与唐代祖咏的《终南望余雪》（"终南阴岭秀，积雪浮云端。林表明霁色，城中增暮寒。"）的悠远微妙极其类似。如果说，祖咏的诗是静态的，那么，程文兄的诗具有动态感，更富空灵之气。

（七）《郁孤台》

这首《郁孤台》（第345页）为五言绝句，可以说是凭栏怀古之诗，不纯是在写眼前景。但是，诗人是通过写景来抒怀的，是以今含古的，意在言外，从而达到一种空灵的境界。诗人的今古之情隐含在景物描写中：深、重、阔、空、郁郁、粼粼、树、台、栏、水、风。此外，诗人还把"郁孤台"的"郁"字抽出，组成"郁郁"凭栏时的心情。将心情的状态与地名中的特有字联系起来，是本诗联想的巧妙之处。还有一个"逐"字，将景物中的江波因风而起的原因道出，风和水均是双关。江波，也是诗人的心波，江风既是眼前的，又是历史的。眼前景，史上事，因诗人的凭栏而发生交织，让诗人沉思。郁孤台在江西赣州城区的西北部贺兰山上。辛弃疾有《菩萨蛮·书江西造口壁》（"郁孤台下清江水，中间多少行人泪？西北望长安，可怜无数山。青山遮不住，毕竟东流去。江晚正愁余，山深闻鹧鸪。"）。《郁孤台》的基调与辛词相仿，都是沉郁的。在一定程度上，该诗继承了辛词的抒情传统，但又是对爱国词人辛弃疾的怀念。

这种怀念之情的虚写，既是中国古典诗歌的含蓄美学特征，又是抽象诗学的那种"出神""抽离"和"不在场"。诗人深谙中西诗学思想，因此能在一首诗中同时将其体现出来。

程文兄在诗集中反复使用"他山之石"，并强调可以"为错"，也可以"攻玉"。他借鉴西方诗学思想，在中国文化语境下用汉语来写作抽象诗学的诗歌，这是对抽象诗的新尝试和新探险。成功与否，有待读者和学界检验，但作者的艰辛努力、所取得的成绩以及对事业的信心是不言而喻的。我在拜读完这部沉甸甸的诗集后，对程文兄执着的理想、拔俗的见识、丰富的知识、累累的成果以及满满的才情都由衷赞叹。愿程文兄今后取得更大的成绩。

是为序。

杨成虎

2022 年 3 月 29 日于宁波大学文萃新村竹云轩

目 录

外 篇

他山之石，可以为错

6

内 篇

他山之石，可以攻玉

外　篇

他山之石，可以为错

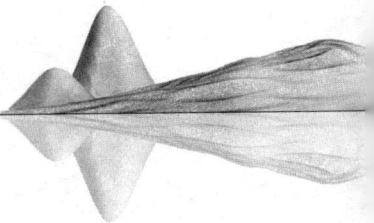

海边的史蒂文斯

中西诗学之思

诗

一

一行大雁在天空
依着无声的节奏
和自然一起搏动
恒定而变化无穷
明晰优美的队形
飞越混乱的国度

真正的诗
在语言之上翩然飞行
就像一队大雁
在天空中不断变换队形
以恒定而变化无穷的节奏
和自然一起搏动

一队大雁
就像一首诗

在迢迢时空中迁徙
寻找自己的栖息地
它们在辽阔的天宇
嘹亮清越地歌唱
庄严地飞行
它们飞向我们
又离开我们

一直在

飞

二

我感觉到一个方向
在走向我
在走向我们
我需要一个方向
我们需要一个方向

为什么我们都病了？

我们需要治疗
需要一个治疗者

时代的治疗者
心灵的治疗者
土地的治疗者
森林的治疗者
河流的治疗者
海洋的治疗者
天空的治疗者
城市的治疗者
乡村的治疗者
受辱者的治疗者
罪恶深重者的治疗者
儿童的治疗者
失去栖息地的候鸟的治疗者
独自伤心的人和
心理阴暗的人的治疗者
疯狂者的治疗者
迷茫者的治疗者
无助者的治疗者
蒙昧者的治疗者

用一支来自心灵的歌

治疗自己

治疗别人

唱吧

唱着这支起初杂乱

然后清越

直到温暖的歌

声　音

一

一首诗的声音
由阅读者发出
如同风
往不同的方向吹
如同马
跑向心中的目的地

声音在时空中层叠
声音变成化石
声音变成岩石的纹路

最初的声音
最终汇入合唱

始终未完成

二

明天帮我请个假!
又要去逛街?
贵的东西买不起,老妈还不寄钱
唉,又要洗一堆衣服
请个保姆就好了
叫老爸寄台洗衣机来
接电话!
红豆、绿豆、大豆、菜豆……

迎春花丛浓绿随风俯仰
晚风中她们谈兴正浓
我浮在声音的浪沫上
数着音步,平平仄仄平

希望歌迷踊跃投票
支持我们的选手
最后的优胜者
将获得高级跑车的使用权
和一顶桂冠
那么,谁将是最后的胜利者呢?

让我们一起——期待！

月亮像风剥雨蚀的招贴画
被随手扔到一堆乌云上
只有虫声依旧似当年
喊喊——喊喊——喊

晨读雪莱

走进一篇文字

就像进了茫茫雪山

独行之乐

有谁能知

作者如山中雪色

或已化为仙灵

空山人语

似真似幻

难于遇合

远观遐想

那无穷纯然之乐

已是漫天雪花

飞舞天人之际

夜读雪莱

亚细亚在等普罗米修斯的消息。

亚细亚对潘提亚喊道：
你来得太迟了！

童年是否还在我身上，
就像种子在树上？
记忆和我一起存在，
会不会和我一起消失？
童年的世界吹着清新的风，
我好像永远在跑，
在雪地里，在草地上，
在开满杜鹃的山丘，
在青草绵绵的湖边，
在白发老人的目光里，
从生命的源头跑来，
从记忆的源头跑来，
恍惚间就到了人生的中途。

这不是一个梦……
亚细亚对潘提亚喊道：
你来得太迟了！

光晕重重的太阳爬上了大海，
无痕的空气感觉到你迟来的羽毛
之前，我的心就因希望而病了。

那烂陀寺

在恢宏断壁下
抚摸岁月伤痕
白云如山
是你在天光中
威严而孤寂的投影
那烂陀　那烂陀
不知疲倦的施与者
为什么　世界却抛弃了你?

现代旅行者
不愿三年徒步
浪费好时光
他们从世界各角落
像鸟群一样飞来
又飞回栖息地
比暮色更迅疾
那烂陀　那烂陀

不知疲倦的施与者
为什么　世界却抛弃了你？

错过了
沙海变幻神奇
龙王窟中光明
西女国女王
不可思议的美貌
大海滔天白浪
恒河碧波盈盈
他们又来寻找什么？
那烂陀　那烂陀
不知疲倦的施与者
为什么　世界却抛弃了你？

这个中国僧人
和你一样宽宏沉静
灵魂如金刚石
纯净　坚硬
双目光辉澄澄
凝视着无边
云和光的海洋

那烂陀　那烂陀
不知疲倦的施与者
可记得　世界曾经找到你?

恒河上　冥想者
跃入飞逝的一瞬
在时光之水里回溯
在清晨与黄昏之间
遍历前世今生
星光下　悲伤欲泣
那烂陀　那烂陀
不知疲倦的施与者
你可知　世界还在寻找你?

林间秋天

眼睛
闪动红色快门
摄取无数瞬间

树林
在风中舞动
颜色变幻无穷

每一片树叶
每一根枝条
定格在不同方向

一只黄鸟
变成一片树叶
栖息在枝头

一片黄叶
变成一只小鸟
飞在白云边上

眼睛
眨动的一瞬间
世界已经改变

冬日湖畔

雪花从灰蒙蒙的天空
不停向眼里飞扑
瞬间化为冰凉

一片洁白落满所有道路
和山峰、树林、溪涧
像舞台布景盖上白布，等待演出

路还是通往湖畔
一行足迹
为它标出路线

湖水像面镜子
在幽暗的天宇下面
微光朦胧
湖边石凳铺上了白绒毯

高大的柳杉像一支支白蜡烛
静静等候客人

雪停了，冬天也停下脚步
曾和我相对而坐的人早已远去
手指又触到了去年的冷

树

一

一列长长的柱廊里
两棵树不断变化：
树叶薄而透明，叶脉清晰，
渐渐变成深绿、染上蜡光，
青绿的枝干变成灰白、深黑，
在淡绿色光芒中，缀满繁花；
枝、叶、花都在凋零、凋零，
树的根须紧紧纠缠，
像在和时间搏斗，
直到让时间窒息，
让这顽强的对手折服，
这时，树的生命凝固。

二

我的命运

从泥土中萌发

向深处生根

但一定要

摆脱束缚

向上生长

在蔚蓝的大气中

建立清晰的秩序

留下大量空白

课　桌

海滩上奔跑的姐妹
手挽大朵白云，
追逐海浪而去，
咒骂，玩笑，大声尖叫，
也随她们一起消失。
课桌像一片寂寞沙滩，
弯下腰仔细搜寻，
只见抄写整齐的试题答案，
羞涩细小清晰可辨
像是要钻进沙里的寄居蟹。

歌

一

男人的歌里
总有个女人
美丽的女人
沉睡在梦中

迷离的梦里
有白马飞驰
悠扬的歌声
追逐着马蹄

啊，你的笑容
梦一般神秘
醒来吧，女人
从我的歌里！

二

你是一首歌
教会我语言
用时间的经纬线
编织生命的脉络
春夏秋冬的轮回

你是一个白色的梦
永不拒绝游子的故乡
锁在花朵里的秘密
短暂的自由
不能失去的
生命的印证

你是一把钥匙
打开了我一生的故事

三

你曾在风中
抱着我

我们在桥上
铁轨边

我曾在山上
抱着你
满山的白云
不在意

岁月在哪里
云飞去
旧时的心事
又涌起

蜜　蜂

四月暴风雨席卷南方
吹乱她满头绿色长发
她执拗地背对北方
踮起脚眺望大海

我从大风中逃进食堂
突然掉进
嘈杂活跃的巨大蜂房
挑了张桌子收起翅膀
专心对付自己的午餐

这张桌子的两端
各坐一对情侣
左边是女孩面对我
右边那一对
我看到
一个旁若无人的男孩

乌云奔跑飞驰的蓬松黑影

在玻璃窗上跳跃叠印

比地平线还要长的呼啸

是它们在高空嚎叫

左边的女孩

瘦削白净

一直低头

盯着自己的眼镜

他们面前

只有一份饭菜

谁也没有吃

没有交谈

两只沉默的蜜蜂

可不正常！

捕捉不到

女孩的眼神

男孩慌乱不安

偶尔投来冷冷一瞥

更让他胆寒

女孩抬手看表

极度不安中

男孩忽然站起来

想抓她的手

她躲开

一言不发

起身就走

两人垂着翅膀

穿过蜂群

融进蜂房里

快速变化的明暗光影

再看右边这对

两人笑意盈盈

腮帮鼓鼓囊囊

筷子上上下下

嘴巴嚼个不停

不时嗡嗡作响

像两只蜜蜂

扇动着闪亮的翅膀

欢快地对跳 8 字舞

乌云还在奔跑嚎叫
我身处蜂巢安稳舒服
不断有蜜蜂飞进飞出
到处是翅膀闪烁飞舞！

烛

一支白色的小蜡烛陪伴着我，
在寒冷孤独的冬夜。
纯净而颤动的火焰，
照亮我为之奋斗的希望。
这颤抖的光明或许很快就会消逝，
夜已深。
永别了，落入黑暗的小蜡烛，
但我依然要抗拒睡眠的诱惑，
保持清醒，继续前行。
谁能说清那烛光去往何处？
我们的生命是否也会如此消亡？
当我的时日来临，
一点烛光
将在载我穿过水湾的轻舟上闪烁。

第一场雪

一

北京的第一场雪
就声势浩大
漫天大雪
让我想起了你
雪白的身体
缓缓起伏
如地平线上的群山
我的思念扑向你
像绵绵不绝的雪花
扑向群山
一场永不休止的舞蹈

二

我从梦中惊醒
啊——下雪了

无数雪花

在我瞳孔中

以恒定的速度

　　恒定的角度

　　　扑向辽阔

　　　　京城

突如其来的喜悦

唤醒了记忆

我的山中岁月

白云像群岛

飘浮在蓝天

白雪落满山岭

形成许多漫长的曲线

我张开黑色的翅膀

沿着这些曲线滑翔

六根飞羽迎风展开

蓝天上一个黑色剪影

掠过一个又一个白色岛屿

啊——我又叫了一声

想再听听那群山

清晰低沉的回声

我的叫声
淹没在四环路上
回应我的只有
都城辽阔的沉默

我张了张翅膀
脚下树枝轻轻颤动
一团雪花飞落
洒在一个路人头顶
他抬头仰望
顿时眉头舒展目光明亮
又低头匆匆离去
黄昏时分
写下了几个月来第一首诗

下午四点

从喧闹的聚会
回到枯藤装饰的窗前

雪中的京城
又黑又静

我想起一些事情
忘记了更多事情

感到有必要
做点什么

发了条短信
给这个世界
然后
什么也没有发生

马

我踏过枯萎的唐菖蒲

穿越栗树林

走进松林清冷黝黑的阴影

跟着嗅觉

在雪地上寻找

熟悉的小路

在最幽深之处

爬上一道山梁

像推开一扇窗

漫天白光倾泻——

冬天

已经静静地

冻结在湖心

天地之间透明的灰色

在缓缓扰动

裹在雪和雾中

我用柔软的双唇

触碰凝结在松针上

尖锐而晶莹的冷

朝往日海市蜃楼的方向

长嘶一声——

雪花纷纷飘落

群山纷纷后退

又慢慢合拢

用浑厚的寂静

回应

湖　畔

我独自离家
在荷花池中
看天地空阔
夜色深沉

呼吸匀停
如微风如流水
与荷渐渐融为一体

一颗孤星
伴着月亮
一路西行
它的双脚和双翅
成飞行姿态
像一朵金色的笑容

夹竹桃叶裁剪夜空
用繁复的镂空花纹

遮盖我的睡眠

荷叶下

偶尔有蛙声

试探夜的深度

湖畔的原住民

用轻轻的脚步

替我制造绵延的梦境

有人喊了一声

一朵白色夹竹桃飘落

垂钓者从我头顶越过

在我梦里投下一道黑影

我睁开眼，看见了

黎明

三条浅紫色的云

平行排列

从法国梧桐高高的树冠

依次升起

散尽蕴含的光

渐渐变得苍白

周围的天空越来越蓝

几乎透明

太阳推开波浪
浮出了水面

湖水解开黑色大氅
袒露活跃的肌肤
无数跳动的波纹
奔向天空

夜悄然飞逝
在西边地平线上
留下一抹模糊的灰影

旅人歌

一

一条河是一首诗
流过思绪的平原
流过四季
流经秋天
即将失去的秋天
透明的秋天
擎着琉璃灯盏
在赭红的街头
光如琥珀
斑驳叶影
沿着光之流水
蜿蜒曲折地飞逝
追逐新的好奇

源头是一滴水
或是一场火灾

小如微尘
大如宇宙
一场变幻
有无相生

一切都是为我的诞生做准备
世界的意识
来到世上寻找它自己
卑微地诞生
历经重劫
恒河沙数

忽有所感
心中一动
哭泣微弱如最初的光芒
凝结成一滴泪

世界在一滴水中
和我一起诞生

睁开眼睛
宇宙突然明亮起来

我的诞生即世界的诞生
诞生是一次宣示
是一场虚幻
转瞬即逝
然而我因此而生

我是一头凝视草原的牛
无法理解何为时间
河流在草原的绿色中穿行
一路拾起歌声
如同一串贝壳项链
远去了
又总在原处
我站在河湾
长鸣一声
感觉到了存在

时间是一首蜿蜒的歌
虚实相生
是超越声音的声音
在广漠中无穷变幻的有形之歌

到了冬天它蜷缩起来
沉入一个梦

二

一种执念引导着我
重演生生世世的故事
是否就是轮回？

我沉入你的梦
像一只锚

三

语言不是我的行李
语言不是我的衣服
语言不是我的喉舌
语言不是我的身体
语言不是我的思维
语言不是我的避难所
语言不是我的盾牌
语言不是我的武器

语言不是我的翅膀
语言不是我的伪装
语言不是我蜕下的皮

语言不是冠冕
语言不是珠宝
语言不是灯塔
语言不是天气
语言不是舰队
语言不是大海
语言不是深渊
语言不是飞机
语言不是原子弹

语言不是护照
语言不是墓碑
语言不是故乡
语言不是祖国

语言不是望远镜
语言不是 X 光机

语言不是广播
语言不是互联网

语言不是牢笼
语言不是自由
语言不是尘土
语言不是便溺
语言不是疾病
语言不是阿米巴原虫

语言不是飞鸟
语言不是游鱼
语言不是四叶草
语言不是长颈鹿
语言不是长臂猿
语言不是地水风火
语言不是日月星辰
语言不是四季轮回

语言不是上帝
语言不是黑洞
语言不是我的道路

语言不是我的声音
语言不是我的欢笑
语言不是我的哭泣
语言不是回声
语言不是甲骨文
语言不是一切

一切都在语言之外
一切都在语言之内

语言拿走了我的一切

语言是耐心的老师
看着我在时间中变化
教会我谦卑
教会我放弃

语言教会我沉默
没有语言我学不会沉默

沉默的语言是一颗种子
让人在黑夜里感到温暖

在漫长的短暂岁月里
我始终拥有语言的种子

我是一个幸运的人
握着一颗希望的种子

语言拥有我
我一无所有
除了一颗幸运的种子

四

是你保护了我
用你的善良和坚韧
筑起一座堡垒
让我的生活不至于破碎
就像白鸽的羽翼
笼罩住一片安全的领空

我的远航与出征
只不过是空洞的幻影
城市的迷宫

到处是倒下的旗帜
和枯萎的梦想

我早已迷路
如果不是手里还紧握着
临别时你给我的线团
我可能早就停下了脚步

我应该去的地方
就是我来的地方

我始终可以在那里找到你
这是旅人唯一的安慰

五

我听过了你们的故事
却只能为你们唱首忧伤的歌
就像走过雨后的草地
总忍不住想要回头

读

一

朋友，我一直在听，
在听清你的话语之前，
我已经微笑了。

挤一只青柠檬，
只为尝几滴透明的酸涩，
唤醒味蕾。

异国匠人在铸剑，
将通红的铁反复折叠敲打，
这技艺从中国传来。

寻一座古寺，
不必仰望金色佛像，

日暮，清潭边静听钟声。

走进深山，时时留意脚下，
跳过巨石，涉过浅溪，记忆
比登顶一瞬间的快感更长久。

造船匠在船坞劳作，
造一艘帆船，
去海上扬帆、扬帆

爱一个女人，时间
日夜奔流不停，欢愉
变悲伤，像水底白石历历分明。

二

雪后的下午
柏拉图和亚里士多德
在液晶屏上无声地争论
一行又一行

二十分钟之内

太阳就滑出了窗框
把淡淡的金黄
留在波浪般的积雪上

二十分钟之内
一条白狗游过小河
好几条公狗追随着它

有个人身穿雨衣坐在河边的青草里
静静地垂钓

童年的江南消失在十年前
在一片水泥森林
年老的父母住在
森林尘土飞扬的边缘

我在积雪的北方思念
一个白皙的
江南女子

隐　士

独坐在

京顺路十字路口

望京的灯火从身后

一路往东北洒落

我目光炯炯

看着我的笑声

飘散在京城

凛冽的上空

一轮明月辉煌如灯

电　话

我比你聪明
我曾经这样认为
我常常说着
我不在说的话
而你所说的
就是你说的话
如今我了悟
我远比你愚笨

梦

一

我穿过重重叠叠的梦境
落在一条长街
四周明亮得有些恍惚
满眼都是熟悉的物品
却又无法一一认清
登上一道陡直的楼梯
想爬进一家商店
店里的东西颜色温暖
而且都是方形
在拥挤的台阶上
抬头一看
是你！老朋友
少年时的朋友
友情延续了很多年
每次见面都感到亲切
（我感到自己摸了摸

口袋，快把借的钱还上，也许
我们两年多没见了？）
他没等我开口说话
就俯身张开手臂
我们紧紧地拥抱
我甚至感到他的拥抱
深入了我的梦
有如灵魂般半透明的身躯
醒来时，我躺在
黎明的青灰色渔网里，
半张着又半闭着嘴
想甩一下尾巴跳进水里
那拥抱压在身上的分量
让我动弹不得

二

许多蜡质的绿叶
覆盖我的梦

叶丛中有一条明亮的小路
飞抵紫色的夜空

我 们

一

我们在通货膨胀中贬值

在无穷的网络中迷失

焦虑一直在疯涨

未来无限期推迟

生命变得如此短促

我们随时抵达终点

又和自我

始终一步之遥

唯一的希望

就是打碎一切谎言

在我们的内心

找到迷失的道路

踏着一颗又一颗星

回到大地

紧紧拥抱地球

二

太阳升起
在我们之上
为时间添上
一道新的刻痕
崭新的目光
熊熊燃烧的神话

在我们心头
黑色的视网膜上
有一道光
闪烁
熄灭

我们的词汇
辗转流离的联想
深入大漠的河流
在时间中凝结
漫天尘埃
覆盖我们

蝴蝶荚蒾

思绪之风停了
我停止了动摇
埋藏的知识
清泉般涌现
此刻
一株蝴蝶荚蒾
藏在深山
少有人知
清雅的花香
使群山矜持

鹿

我要走了
到那无言的国度
越过语言的边界
黎明就是黎明
太阳就是太阳
我与太阳同在
沿着积雪的山岭飞驰
追逐一只褐色的母鹿
我就是一只鹿

赠赵元

在拥挤的公交车后排，
你打开了我的记忆，
为我的杂乱无章
建立了秩序；
你只用了一个词
就让我沉默：
寒冷。

今夜当我独自面对世界，
寂静中阵阵海浪
忽然从脚下涌起，
碧绿的海水，
混合着北欧的蓝天雪岭
和松树的清冽气息，
彻骨的寒冷反复冲刷，
久违的旋律，
从记忆深处，

强劲喷涌：
寒冷　寒冷　寒冷

使我无限接近
清醒而强壮的喜悦，
真切地感受到

格里格

种　子

对你来说
我只是路边拾取的
一颗种子

对我来说
这是个意外

我是一颗沉睡的种子
一颗尘土里的种子
一颗封闭的种子
一颗陌生的种子
一颗未知的种子
一颗意外的种子

你用温厚的手掌
把我带到
奇异而又熟悉的土地

也许本来就该属于我的土地
也许我本来就属于这片土地

我在岁月中
舒张伸展
向下　向上
循着自然安排的道路
寻找我的位置

我的根茎、枝叶、花果

我在蔚蓝大气中的形状

就是对你无言的礼赞

历　史

从屈辱的尘土中奋起
在劫后的废墟中重生

我们的命运
你和我的命运
过去现在未来
从未知到未知
在血与泪中前行
光荣只是幻影

不可懈怠！不可懈怠！

不可任惰性和贪婪滋生
掉回陨落与死亡的螺旋

公交车上

一片雪花沙沙作响，然后

蓝色的男人用一块砖
像在月球上行走，一下一下地
砸银行取款机

然后纷纷扬扬的雪花沙沙响

三个黑肤性感女人
在一幢金色大厦前
像水族箱里的
热带鱼一样
奇妙地扭动身体
用异国语言激昂地歌唱

雪花纷纷扬扬沙沙响，然后

一群漂亮女人娇声软语

摇曳多姿，好像是为了
劝我们买她们手里拿的东西
虽然她们谁也没有这样说

雪花纷飞沙沙作响

我们紧紧地挤在一起
像南极风雪中的帝企鹅
又像某种实验动物
无法抗拒图像的吸引力
扭着僵直的脖子

哪怕看到的只是一片雪花

先　知

你声如洪钟
我在钟声下徘徊

是否我的命运已被洞悉？

在惯性中运行
我将抵达终点，无声无息

要脱出这惯性的轨道
需要的勇气大于欲望
需要的信心和行动
远远超出有限的理性

你声如洪钟
我在你的钟声里徘徊

列 车

一节节车厢
在轨道上平稳运行
一弯明月
照亮旅程
我们每夜
在起伏的海浪上安睡
穿越繁星

我们满怀乡愁
对前途忧心忡忡
我们从不曾
离开这节车厢
周而复始的旅途

二十三点三十九分

台灯把我圈在黑暗里

太久了

我发现

快乐和痛苦都不是归宿

我决定出去走走

路灯下枫树淡黄色的花

在春风中摇曳

夜晚给我的第一个微笑

月色难以形容

只好说月色如水

庭中积水空明

我的影子在水中

像水蛇一样

在我前面浮游

我转身面向明月
她像新出浴的女神
容光焕发地俯临世界

清朗的月光中
我忘了影子
甚至恍恍惚惚
忘掉了影子的主人

而影子在我身后
像水蛇一样
轻轻摇着尾巴
悬停在如水的月光中

普陀洛迦

一串音节浮在浪花上
普陀洛迦

在世界的岸边
眺望彼岸

踏着无数悲欢离合
踏着瞬息开放

瞬息凋谢的浪花
一串不忍离去的

音节，普陀洛迦
眺望着彼岸

你的足迹踏过花果大陆
踏过青翠的群岛

面朝无尽的海天
浪花在脚尖碎裂

一串在重重海浪上
升起的音节：

普陀洛迦

观自在·观世音

在辉煌的大殿
你受万民礼拜
看着他们心头的欲念
就像瞥见海上浪花
而你岿然不动
如无垠的苍穹
收留雁阵般的流云

转念之间，你微微一笑
披一袭素衣翩然而去
在莲池边顾盼流连
一朵白莲临风飘举
你恍然忘却了世界
它像一个褴褛的乞丐
匍匐在海浪上向你哀求

风

一

风摇动树
狂暴而猛烈
一旦分离
就形同陌路

你摇动我
温柔又凶狠
离开你后
思念留在体内
无法驱除
时时像一阵风
猛然向我袭击

二

是什么

吹散了烦恼
当我走过
熟悉的街道
走在循环的季节

是什么
推开了窗
当我抬头
在满天的白云里
寻找什么

是什么
在雨后的天空
吹开了乌云
露出一角蓝天
引人驻足仰望

是什么
吹皱了心湖
夜深的时候
我想起了你

猎户星座下

从你的寥寥数语
我知道你言谈美好。
我想我该说些什么
来回应你
回应广阔的世界
和广阔的夜空：
今夜我想祈祷。

在辉煌的猎户星座下，
它们是群星的子遗，
以原始的威力
向世界的夜晚
散发尊严和坚韧之感，
现在我想祈祷。

世界上某个地方
一定有一眼疗伤之泉，
给刚出世的人希望，

给将走的人祝福，
把春天的温暖带回给我们。

肩并着肩，
让我们祈祷。

北纬三十度

生活在北纬三十度
就不要问为什么
冰冷的雨
从灰蒙蒙的天空落下

仔细收集感官告诉你的一切
这就是关于世界你所知道的一切
这就是你的世界

不要以为有人在问为什么
是你自己一直在问自己

为什么冰冷的雨
从灰蒙蒙的天空落下

在灰色的城市上空
甚至看不到灰色的鸽群在盘旋

不要问
有哪些风景已经消失
化作内心莫名的伤感

人们在北纬三十度漂泊
在灰色的浪潮中上下颠簸

时　钟

墙上的一只挂钟
呈现我们
对时间的想象：
它在无穷的循环中
丈量一条无尽的长轴。

我们，在自我的循环中，
丈量永恒。

项　链

九月的京城
我独自面对
微光闪烁的黎明
清凉的风吹来
雨滴带着阳光
像一串串宝石项链
闪烁着穿过枝叶
飞落

我想起
你微微扬起下颌时
雪白修长的脖子
正要这样一串项链
标明新的疆域开始
白色的国度
辽阔的国土
无边的喜悦

望　京

京城一隅

我静坐在岁月深处

一方天井里

有枝叶从我身上

生长出来

我对这些藤蔓

无心也无力

任其缠绕

侵入我的筋骨

我感到内心平静

左手按着胸口

注视着

四环路上

汹汹海潮般的

车如流水马如龙

立冬后两天

昨晚我去看望操场边的大柳树
月光下寒雾中她显得有些孤独
下垂的柳枝一丝不动仿佛凝固
柳叶依然浓密薄而透明如飞絮
树下一对情侣拥抱着絮絮低语
对时序节令悄然变迁浑然不顾

冬天像块白布辽阔而满是褶皱
路旁榆树杨树槐树的叶片铁青
像一片片揉皱的铁皮贴在枝头
似能听到它们节节肢解的声音
雪花开始纷纷飘落急于在人世
寻找一个无处可寻的安身之地

银　杏

北半球开始落叶
色彩的大革命
顺着北风的方向
改造着地球

一枚明黄色银杏叶
飞落京城

等到家乡南湖畔
银杏叶黄了
我就会沿着北风的方向
回到江南
回到你身边

走　神

我们要有一座
白色大房子
依山临水
绿树环绕
时时飞起
一群白鸟
每个房间
阳光充足
每样陈设
都是白色
你在屋里走动
脚步轻柔无声
我依然从
浓淡深浅的白色中
一眼认出
你雪白的身体

下午三点一刻

太阳转过
对面大楼的腰，
瞬间光芒四射，
照亮我的窗：
我的天文奇观，
片刻的惊喜，
第二个黎明，
寒冬的金色时光！
我不敢仰面直视，
如达娜厄迎接
化为金雨的宙斯，
我垂下眼帘，
承受
丰沛的光明和温暖，
不在乎时间短暂；
而太阳大慈大悲，
原谅了我的渺小，
然后匆匆离去，
不感到一丝抱歉。

文学课

我已忘记
你讲了什么；
却记得那是
一个愉快的早晨：
初秋的北京，
空气清冽，
阳光透过黄栌的枝叶
安静地洒进教室，
你声音柔和，
说着文雅的话题，
起身板书时，
线条流畅优美，
就像窗外纤细的树枝。
时间在流逝，
很遗憾这些
都变得抽象模糊，
唯一的现场记录
只是一首
抽象模糊的诗。

云

一

白云不期而至
为我们在蓝天上
描绘忧愁的形状

一会儿张牙舞爪
一会儿扭曲纠缠

很快又化作一阵浪花
在大海里消失

留下我们
静静地坐着
忘记了忧愁

二

满天的云
是一本看不完的书
一页页翻过
还是没有尽头
还像昨天一样新奇

三

早晨我向南行驶
沿着北环高架
攀上城市上空
升起的太阳在前方
云悬垂在四周
仿佛厚厚的帷幕
隔开现实与想象
两个世界之间
无穷的细节变幻
微妙的光影交错
壮丽的戏剧
在云端上演

在两个世界之间
我向远方滑行
向着你的眼神
天地的尽头

厚厚的云层悬垂在四周
我在两个世界之间
全神贯注地滑行

四

一转眼
满天的羽毛
落入了远方的雪山
就像你的眼神
落进我心里

五

天上没有云
就像水里没有鱼
我的白天和黑夜

已经太久没有你

六

云和城市一样缥缈
飘在紧闭的好奇心之上
它们像是在酝酿着什么
无声地燃烧
像是癫狂、痛苦的聋哑人
拼了命地打着手势
空中有一个巨大的口型！
光柱排列在天际
划出一方壮观的舞台
没有观众

观众在下方
云在无声地燃烧
燃烧

方　向

同一条路向上也向下
向东的路也向西
北风总是往南吹
为什么
走向死的道路不能走向生？

向下的路必然向上
向西的路必然向东
南风总是往北吹
那么
通向死的路也时刻通向生

伏案小憩

一节一节没入

寂静的灰色大海

迷失在某个未知的时刻
某个遗忘的时刻

世界在何处?

如果我不在世界在何处?

我在何处?

如果这就是终点
为什么不永远停留?

灰色的大海没有波澜

没有声音

没有人回答

只有一片寂静

唯一可能的答案
就是我被抛掷回世界那一刻
海浪般遥远的清醒
随之而来的是困惑
以及一个若无其事的世界

旅　途

人生漫长如旅途
旅途短促如人生

在这漫长的旅途
在这短促的人生
离别是永恒的主题
欢笑和泪水的变奏
无穷无尽但终会停止

我们无法用脚步
丈量彼此的岁月
时间是孤独的旅程

我们是时间旅行者
两个手牵手的孩子

我们需要对方
来确定自己的存在

我们互相取暖
我们互相抱怨
我们苦苦思念
我们被生活所伤
我们互相伤害
又抚摸彼此的伤痕

我们将去远方
手牵着手

既定的未知
是我们的方向

我们在不同的时辰
抵达相同的终点

手牵着手

道 路

一

就要消逝在宇宙之暗的紧要关头
一个细微得难以察觉的意识抓住我
把我扔到这个世界

世界用一声啼哭迎接我

我赤身裸体又孤独又寒冷
我开始在黑暗中摸索

真假、善恶、美丑
罪恶、激情、幻想
混乱、悔恨、希望
偏执、愚昧、自私
妄想、自大、无知
伪善、冲动、欲念
杂念、疲惫、懒惰

贪婪、固执、蛮横
疾病、虚伪、狡诈
仇恨、恶毒、痴迷
欺骗、残忍、怯懦
卑鄙、刻薄、背叛
伤害、恐惧、谄媚
嫉妒、蒙昧、无耻
麻木、堕落、狭隘
怀疑、盲目、自欺
愤怒、放纵、狂妄

喜怒哀乐悲伤惊恐
纷纷扰扰怨天尤人

关于进步的谎言
关于幸福的幻觉
关于天堂的许诺
都打着正义的旗号

曾加之于我的
曾萌生于我的

就是我的世界
世界即我
我为世界感到痛苦

一场场战争一次又一次烧焦大地
无数房屋倒下更多房屋立起
大地之上的风景越来越僵硬
人们依然故我
历史被一遍又一遍五马分尸
丢弃在街头踩在脚下

我是世界一隅的孤独的孩子
我和世界一起郁郁而行
两道长长的影子投在群星之中

我短暂的生命所要走过的道路
就是世界的漫长的道路

二

有一条宽阔平坦的道路在世界中间
无人问津，因为人们喜欢新奇

疲于奔命，消失在四面八方

但是这条路上行人不绝如缕

一些平静如湖水的人

一些纯净如光的人

他们传递着世界的道路的知识

他们并不隐秘

他们就在我们之中

他们的话容易被淹没

但一旦抵达人心就震撼如雷霆：

道路在我自身

也在世界之中

从我通向世界

从世界返回我

一条宽阔而锋利的道路

切开混沌

就像一道微尘浮游的光

侏　儒

一个侏儒来到北京
戴一顶黑皮帽
红色羽绒服就像他的
脸色一样油亮发黑
脸上长满红色黑色的疖子
他不停地往地上吐痰
在公交站插队
上车之后先抢座位
指挥刚上车的人从后门下车
让人给老人让座
指一个空座给打着手机的
少妇，她转头看了一眼
摇着双手淑女似的逃走了

在他周围形成一圈真空
人们沉默着
他位于沉默的中心

我在他身后不远处看着他
我感到那被压抑的活力
几乎感觉到他的痛苦
我微微摇晃着，想用我的知识
为我自己解释他的命运

就在这时
他稳住了车厢的摇晃
回过头看了我一眼
就像命运看了我一眼
明亮而锋利的一眼

我像那个少妇一样移开了目光
只是没有逃走

最后一课

拉窗帘准备投影仪的时候
我往窗外看了一眼
然后提醒自己
下课前别忘告诉大家：
虽然这是学校为数不多的
没有空调、设备陈旧的教室
但是这里有全校最佳的视角
俯瞰荷花玉兰树林
碧绿的蜡质树叶
硕大厚实的白花
浓郁的香气
像一阵海浪
扑面而来
一定要看一眼
这就是夏天！

下课后，人群渐渐散去
有几个女生走到窗边

拿出手机

调整到拍摄风景的水平机位

她们的剪影定格在窗中

无 题

一

我的修行是我唯一的倚仗
我在上师眼里是如此愚昧
伸手拯救完全是出于慈悲
我每夜目睹一个痴人之死
每天早晨又陷于痴迷之生
日复一日切不可懒于修行
从绝望到希望的长途跋涉
我的修行是我唯一的倚仗

二

餐桌上有一瓶水
瓶中一泓圆形
映着光在波动
像一团火

浴室排气扇
嗡嗡的响声
提示世界的存在

邻居用一把小铲
刮除汽车挡风玻璃上的冰
我想象那把小铲
黑色手柄红色毛刷
和我的一样
邻居穿黑色羽绒服
没有面部细节

邻居的存在
只是因为铲冰的声音

我将要起身离去
并不是去验证什么

我宁愿相信水的火焰
排气扇的嗡嗡声
在我走后
依然会存在

直到覆满时间的尘埃

三

我向前走着
忽然失去了额头
但是还有眼睛
还有嘴巴
一直无词地
说个不停

我一直走着
眼睛忽明忽暗
身体虚化
若有若无
只有嘴
说个不停

冬　天

一

我坐在出租车里
沿一道长堤
驶入冬天

我的头脑变得空旷
融入青灰的天空
缀满枝条
和枯叶

一个鸟巢
高悬在枝叶间
等待鸟的归航

二

灰色的天空

像一本字迹不清的书
字里行间的意思
化作欲言又止的风
吹进人心
又在脸上泛起
清澈的表情

对　话

我们在说
一句又一句
追逐意义的话

说出来的瞬间
就变成易于风化的化石

意识到这一点
我们也许会
更绝望地

说一句又一句
追逐意义的

话

虾

童年的满天星星
都去哪儿了？
是不是像深海的虾
磷光点点
成了庞然大物的食物？
为了光明或生命之乐
它们依然奋不顾身
或茫然无知
在幽暗的深海
磷光点点

新　年

终点就是起点
这仅仅是个数字游戏?
我曾经这样认为
但岁月悄悄地改变了我
我发现我的变化
大于数字的增加

我在寂寞中走过岁月
仅仅收获了孤独
今夜我在地球上
最大的城市里
和我的族类待在一起
依然感到孤独
除了海潮般的车流声
世界似乎没有消息
除了海潮声声，永不停息

黑夜变得越来越清澈
渐渐出现微光

整个冬天的冷向我凝聚
从头顶向下，如阵阵冷雨：

一片大雪覆盖的树林
无数枝条披着雪挂着冰
从青灰色的天空垂下
一个须发皆白的老人
拄着竹杖踽踽而行
浑身披满冰雪
眼睛像天空一样
青灰而透明

史蒂文斯

你隔着太平洋的碧波
想象东方

我从飞逝如云的世纪
想象你的想象

庞　德

那人以学院式的
派头，儒雅而狰狞，
挥舞着手中的纸页
信誓旦旦
要和你做朋友

虽然你已无法拒绝
这好意
只好继续慷慨

但我猜想……

还不如像你我这样
保持距离

枫　树

淡黄色的花
几阵春雨之后
化作一群群翅荚
临风飞动
无心可猜

六月的六个比喻

你是双行体诗句
行走在有雾的远方

一个精巧的谜语，谜底
藏在枝叶纷披的岁月

一片白帆在海上
寻找自己的港湾

白云、雨和樟树林
是你的家乡

你的目光是一群白鹭
对天空的祝福

你的笑容有金色的锋芒
是透露谜底的瞬间

雨

一

风吹过小城
吹乱了江上的浪花
和你的长发

雨飘进小城
让你变得湿润
让白天和黑夜
如此悠长

我们经过许多场雨

辽阔的北方
没有江南的雨

二

雨落进世界
雨声落进我的梦
雨声是雨的敲打
雨本无心
或我们说雨本无心
可你依然知道那是雨
赤足的舞蹈

雨声让我们知道
下雨了
雨声惊醒了梦
无梦的世界
只有雨　雨　雨

雨落在世界的边界
雨像星光一样飞落
同样是来自天空的旅人
眼睛是星光的终点
雨声是雨的终点

雨落在世界的切面
不知何时开始
不知何时结束
雨就是雨
雨不为我们而来

雨的敲打像时间一样漫长

雨本无心
雨声却让人伤感
想起许多下雨的日子
想起你

雨声不知是远是近
远处的雨和近处的雨
有不同的声音
不同的雨声一齐奏响

雨是真实的
一首雨之诗是真实的

雨和世界为一

雨和雨之诗为一

三

一场雨把我带回这世界
一个微笑照亮我的人生
一朵白莲花在水上点燃
谁在说着永远没有永远

四

一场雨凭空而来
点燃绿色的火焰
为夏天赋予
一个明亮的形式

沙沙雨声
并不属于雨
虽然雨声的节奏
由雨滴带来

沙沙雨声

响成一片
纷纷而来的雨滴
用时间与空间的偶遇
勾画出熊熊燃烧的绿火焰
起伏的节奏

五

没有雨的冬天
没有眼泪的人
没有风吹过心灵
没有梦的夜晚
没有星星的夜空
没有听故事的人
没有你在身边
地球飘浮在黑暗中

六

雨有属于它的时辰
雨声充满天地
让人忘记或想起江河

雷霆的脚步过后
雨声又轻言细语
织成思绪的茧房

雨的热情和冷静
总不符合人的欲望
人有时把自己的苦恼
归咎于雨
有时候又以为
雨在为自己哭泣

人把自己和雨分开
雨还是纷纷落进人心里

雨总有停的时候
谁又关心雨去了哪里?
谁又在等下一场雨?

七

雨不为什么
雨模糊了窗

123

在玻璃表面
涂抹出沟壑

雨不为什么
人总躲着雨
雨包围我们
从四面八方

雨不为什么
来没有预告
去没有通知
就人间蒸发

雨不为什么
雨为了什么

八

在雨声织就的巢里
传出声声鸟鸣
让我恍然间忘记
寄身城市的水泥悬崖

已经有多久了
不如任思绪迷失
盘旋在雨之巢

四　楼

我喜欢去四楼

教室里人很少

有时候只有我

和一对情侣

他们不坐在一起

只在刚来和要走的时候

低声说几句话

有一次女孩

端来一盘水果

他们出去了很久

藤蔓镶满了窗框

阴天的时候

屋里是淡淡的绿色

如果有阳光

缕缕光线也染上绿色

有天晚上
一只壁虎爬到窗上
在绿叶中间
灰白色的肚皮
脚趾上小小的吸盘
像几颗水珠
贴在玻璃上
很久都没动

最近几天
洗手间的窗台上
摆了一个大玻璃瓶
养着一朵荷花玉兰
丰满的白色花瓣
在蜡质的绿叶上
展开

一座浮雕

时间从黄昏透明的
凝固中一点点渗透

告　别

一

我的告别
是一条铁路线
从南到北
穿越大地

告别了夏天
告别了江南
告别了你
和让夏天
如此悠长的床

我和夏天的距离
已经不再是
逝去的时间

二

我们对世界的认识
并未结束
又是一个将逝的秋天
我们感受离别的苦味
更胜于去年
你匆匆走向月台
没忘记回头挥手
明亮的眼神
如云中的蓝天

我们对世界的认识
没有终点
诗歌不是流星
燃烧并且耗尽
而是一片风景
等待着下一个秋天
下一次苦涩而清冽的告别

我们对世界的认识
没有终结

又一个诗人
走进一片萧瑟的风景
向上一代人的诗歌
挥手道别

听波利尼弹肖邦

我，一个野蛮人
和我的部落一起
坐在月光下的
沙漠里

一轮明月缓缓升起

一阵阵汹涌的
月光之后
我们浑身充满
清澈流畅的活力

天　空

我对天空已不敏感。
我已忘记何时第一次看见
这无边的奇迹。
我从天空之下走过，
无话可说，
满怀愧疚。

海边的史蒂文斯

一片新的天空升起
我在明月和群星之下
转身背向荒凉的陆地
凝视缓缓起伏的蓝色元素

上午十一点零二分

窗外，黄栌叶子的背面
交错印着阳光

影子投在纸页上
像一幅墨竹

那轻微的摇曳
和纸页上的诗篇
意外地相称

当黑鸟飞出视线，
它标明许多圆圈
其中一个的边缘

黑鸟栖
在雪松枝上

黄栌之外是杨树

杨树之外是四环路

面无表情的甲壳虫

警觉而灵巧地穿梭

织出一片轰鸣的背景

除 了

从这世纪的狂风中
抽身而退
我还能做什么？
我的妻儿
上一场大战之后
已被这世界
扣为人质
这荒芜的世界
又一次狼烟四起

十一月中旬

杨树在机场快轨旁站成一排
因为就要失去舌头而绝望
徒然挥舞着手臂
鸟飞来又飞走了

沙漠上的国度

沙漠上的城
沙漠上的国度
寒冰般清澈的黑夜
霓虹灯光粼粼
银色甲虫川流不息
一片幻觉的水域
没有表情的面孔
悬在空中

词　语

nubes, nuage, cloud, 云,
我还是最喜欢云
或者说，雲。
在干旱的年代，
失去了孕育的雨，
它还是一朵云，
蓝天上的一朵云。

黎　明

一

晨星，太阳的信使，
在东方天际
擎着一盏摇曳的灯。
月亮，谦恭的侍女，
在西方的地平线上
举着一面明镜。

一位帝王缓缓而来。

信使的灯黯然失色，
侍女收起镜子，悄悄退下。

二

不知从什么时候起
我对黎明变得无动于衷

像是另一个陌生人

走过身边

身披灰衣

默默无语

飘起的衣袖

有一抹高贵的明亮

消失在黄色的雾中

辞望京

就要走了
愿不愿意都要走了
不如趁夜色将临借酒消愁

暮色里我们出发
七个学部三五成群
消失在十字路口

消失在这片广大的都市沙漠
霓虹灯是闪烁的云母
须发皆白的长庚星
举着一盏忠诚的灯

流畅的话语是沙漠里唯一的河流
人不能两次踏进同一条河流
也许我们都有一个归宿
也许我们终将在天地间漂泊

但我们此刻站在同一条河边
依然感到我们亲如兄弟

流畅的话语是我们唯一的玩具
寂寞的我们拨弄着寂寞的世界
让它转得像个万花筒

你我手中都有宝剑
只是沙漠里已没有狼烟
我们只是沙漠上的过客
我们是不能游牧的游牧民族
梦想的绿洲总在我们的行程之外

就要走了　　就要走了
就像无法挽留黑夜
无法拒绝白天

忘却是最好的告别
告别却依然不能忘却

一帧帧明亮的笑容照亮我的梦
就像繁星归来
照亮沙漠上空的穹庐

一个没有做的梦

坠落的流星
扑向玻璃窗的飞蛾
寂寞世界里的一声呐喊

火 车

我在火车上
火车在我心上飞驰

飞驰的火车划出
一道分割线

火车的飞驰在心里
是柔韧轻颤的上下起伏

火车飞驰就像一束光
既是波动又是粒子
开始于欲望
却并不终止于满足

暴　雨

走过一场暴雨
雨岂在我之外呢？
一场雨走过我
我岂在雨之外呢？
暴雨在雷声中颠簸
颠簸的或许是我？
暴雨模糊了我
我模糊了雨
我是一场雨
雨就是我

车祸日记

我需要一场剧变
震醒昏睡的灵魂

醒来第一眼看到
最初的你
我最初的爱
今生唯一的幸运
无形无相
分明向我显示
无可名状的纯美

原来最初感动我
灵魂的彩虹
一直照亮我
向我显示道路
我的目光是我的迷途

一切瞬间飞散
一切都在虹彩中凝聚
一切无相无形

琴　弦

是否心如琴弦
等风拨动?
弦上乐音
岂非自风中而来?

我们自以为聆听的
音乐又是从何而来?

敞开心房
方与音乐相遇

这自远方来的音乐
岂非一阵风?

音乐有待于演奏
方为人所知

这是音乐之幸运
还是命运的无奈?

那幻化于弦上的光彩
又有谁能看见?

夏　天

一

真正的自我
在这夏季的明亮之上
或之下
另一个空间
光明或幽暗的神话
越过蝉鸣、叶的反光
一片白色噪声
世间一切的合奏

唯一真实的自我
需要一个形象
一种语言
或一匹马
而这自我的神话
已经远去

二

我们一起走出超市
我拎着两个塑料袋
你总是挑出一个西瓜
说西瓜要抱着才好拿
如今你回了家乡的小城
我一个人走出超市
路边的合欢花已凋谢
我在心里
一遍又一遍
想着你说的话

城 市

一

河流迂回而行
比任何时候都要谦卑
把古代的消息
悄悄带往大海
盛大的芦苇丛
在它们自己的丛林
守护季节最后的秘密
对远行而不动的河流
议论纷纷

一群鸟飞过
像一阵标点符号的雨
掠过一幅巨大的地图

城市像勘探旷野的巨人
四处游荡

吞食阳光的金色
挥霍太阳赐予的幸运
远处的群山
一半裸露
像一个巨大的伤口

一架喷气式战斗机
从精确而意外的角度
切入上空
机械的完美杰作
用巨大而威严的轰鸣
宣布了制空权

二

我站在一个不算高的地方
想要俯瞰这城市
从何处涌来的文字
像是我追逐的幻象

是城市变幻不定
还是文字变幻不定?

这是我生活的世界
我却不懂它的语言
那一阵阵雨
无来又无去

我生活在自己的世界
隔着一道写满象形文字的墙

醒来的时刻是一个起点？
我站在一个不高的地方
想要看看这个世界

世界变幻不定
文字变幻不定

三

一座巨大的迷宫
为每个人准备了一个入口
却没有出口
也许有个出口
只存在于时间之中

过去现在未来
有没有你的出口？
过去现在未来
都不是你的出口

四

每个人都找到了
自己的格子间
有的格子大
有的格子小
放得下躯体
放不下心绪

每个人都找到了
停车场

找不到的人
在路上

旋　涡

我仿佛进了一个时间的旋涡
时日、季节、岁月，飞旋而去
我仍在原地不动，
还是遇见了未来的我？
如果我落后于时间的飞逝，
岂不会被过去的我追上？
如果我脚步快过时间，
或被时间抛掷得太快太远，
会不会在某个时刻，
遇见未来的我？
两个陌生人擦肩而过。

于是我手持一朵花为标记
而花盛开、枯萎，
我仍然没有遇见另一个我
手持一朵盛开又枯萎的花
我亦盛开而枯萎

善　意

从纯然黑色的琉璃世界
音乐杯盏灯火依稀可辨
点点金沙在河流中闪烁
一羽白鸽翩然飞来

善意之言就像一羽白鸽
飞到我的面前

是我的声音吸引了你？
"我想听你一直说话"

是诗歌自己在发出声音
这声音并不属于我

有人沉思有人哭泣
而你像一羽白鸽
用翩然凌空的羽翼
带来那个琉璃世界的
善意

我们要经受住寂寞

谁不曾在清晨醒来的时候
突然一阵心痛
为昨夜的梦
不知是什么原因

突然一阵心痛
在黎明时分听到
那声声鸟啼

在轻轻诉说着什么
在声声鸟啼中
灰白的黎明越来越亮

变成金黄的白昼
而过去的人过去的事
在这金灿灿的世界
仿佛变成虚幻
变成没来由的一阵心痛

雪

雪落下
树叶落下
落入这世界

我走在雪地上
茫茫世间一个小小人影
身旁有一把黑伞
里面是红色

狄兰·托马斯

在黎明时分
我醒来，半坐着
在犹豫不决间
打了一个盹
为自己的衰朽而担忧

突然你的名字
从混乱的记忆中走出来

诗歌从混乱中走出来
年轻的诗人
从混乱的世界走出来

一股阳刚之力
就像一个行走的奇迹

淡如云烟

晴朗的冬日
风让一切静止
风景淡如云烟

片刻间浑然忘我
却又牵出无限往事

往事淡如云烟
却并未消逝
化作一缕惆怅
时时萦绕心间

活在过去的人并未死去
我们在前世今生里轮回

淡如云烟的风景
也将化入淡忘的往事
不知何时才能再记起

考 场

漫长的考试
只剩下零星几个女生
没有交卷

"考试时间还有十五分钟"

一个坐得笔直的女生
低头一笑
马尾辫垂到肩上

她站起来的时候
也是笔直的
双手把试卷递过来

略一点头
眼中的笑意
让照进教室的一束阳光
变得活跃

失眠之狐

满城灯火
不能成就你的梦
你是否已从梦中逃走
在街巷的斑斓图画
洒上一抹轻轻的色彩
旋即无影无踪
只留下一串轻轻的疑惑

夜色漆黑
梦中逃走的狐狸
肆意奔跑在漆黑的荒野
黑水晶在摇晃闪烁
迅疾的脚步永不停歇
像雨点洒落
深沉的水面涟漪摇晃扩大
一阵阵迸发的渴望
旷野里没有方向的风
吹得星空一阵阵眩晕

梦是一个引力场
你轻松逃脱
我却困在其中
因其空旷而失落
又因为摇晃的星空
感到眩晕

在雨天

在雨天想起了
世上所有伤心的故事

雨不知道自己的结局
从灰蒙蒙的天空
纷纷落下
谁会收留这伤心的雨
在这个伤心的世界

为什么在雨天
我忽然想起了你
世上所有伤心的故事
像一场冬天的雨
从灰蒙蒙的天空
纷纷落进心田

虚　构

少年时
我常感到甜蜜的痛苦
痛苦的甜蜜
我为自己编故事
也给同龄孩子讲故事
一讲就是几小时

为自己编的才是真正的故事
也可以说是诗
但是掺杂了太多少年人的伤感
无名的欲望
沉浸于缠绵悱恻的片段
在想象中经历了
轮回几世的爱恨情仇
多少次黎明时醒来
泪水沾湿了枕头

向虚构的人付出真实的情感
就像醉酒的人以为是世界醉了

蓝风筝

我带着蓝风筝出了门
像是另一个
铁石心肠的人

城市披着灰外套
她的面容
在湖水的灰镜子里
变幻不定

雨又开始飘落
像一片灰蒙蒙的白色噪音
撞碎了镜子里模糊的影像

什么时候蓝风筝能飞上天
在灰色的天空划一道
蓝色轨迹？

另一次飞翔

再一次
不够谨慎
我想从另一个方向
飞进这片丛林
以另一个姿势
向现实俯冲
张大翅膀和喙
羽毛逆风竖起

背负苍白的天空
没有什么属于我
属于我
属于我

自　由

几经周折
终于自由

我的遗迹
留在了
宇宙的瞳孔

笑与泪
遁入了
遗忘的空白

存身之处
广阔无垠

一旦开始寻找
仍旧空无一物

梅龙镇

我愿相信
天上有一盏灯
照着这都市

地上有一本打开的书
书页被风轻轻吹起

我不愿相信
城市会变得荒芜

天上有一盏灯
照着这荒芜的城市
地上有一本打开的书
书页不再被风吹起

窗

就在我看着
走廊尽头窗户的时候
时光已悄然流转

我茫然看着
金光刺眼的窗
没有多想
那是夏天的阳光
蝉鸣给光线加上颤音
而我看过那片片柳叶
由初春的新绿变得有些泛白

光线渐暗
事物反而更清晰
我看到了叶的剪影

一个女人走下楼梯
带着她的烦恼

像拖着一件行李
走向一个目的

两只白鹭
先后从窗外飞过

火

一团火在我体内燃烧
纯粹的火苗
无形无相
却又真实感人
我看着这火苗
似乎不属于我
火熄灭的时候
我变得空洞、透明

番　茄

日出的时候
我对一只番茄
进行了二维展开
制造了橙红背景的
另一个宏伟现实
思维背叛了我
纵身跃入
橙红的宇宙
追逐灵光乍现的自由

早 晨

一

又一次
我看到
戴黑色口罩的女孩
坐在公交车后部
第一排靠窗
近车门的位置
她侧脸抬头的时候
眼镜片的上半部分
呈蓝色
那并不是蓝天的倒影

二

我出门的时候
路上已经有人返回
穿着睡衣的女人

拎着塑料袋
带回一天所需
米、油和蔬菜
而不是一篮麦穗
或果实

人们默默地行走
心思看不透
或许，大家都一样
不太在乎

日光变得越来越淡
人们默默地走着、走着
不知不觉汇集起来
淤积在地铁入口

三

我从花瓶里取出干枯的玫瑰
放进门口准备扔掉的纸箱

我坐下的时候才看到花瓶

买的时候不觉得它太大
你说这花瓶太大了，只能养大型花

现在花拿走了
花瓶空空的
有点尴尬

美术馆

美术馆隐身闹市
并不孤独
接受来来往往的注视
耐心地馈赠给人们
沉没在时间中的意义

一只八哥飞出绿化带
飞进女贞、蔷薇的五月
我仿佛看到了
它冷峻的眼神

老 宅

残破的老宅
留在江边
并不是路标
人去楼空
意义在时间中沉没

墙

我们商量着
给墙布选颜色
看中了同一块样品

我说是蓝色
你说是粉色

蓝色还是粉色
又有什么关系
只要是你喜欢的颜色

现在我看着这面墙
开始怀疑：
它是不是粉色？

夏之忧思

夏天逝去的时候
人们隐隐感到担忧

葡萄都从园中摘下
手掌般的叶子开始枯萎

时间留下一道阴影
我在这阴影里沉思

时间教给我们情感
季节带来忧患和喜悦

空间藏着万象
转换变化层层叠叠

时间和空间是意识的牢笼
离开这牢笼我将忘情失忆

为了给这有限的生命
安慰和理由
我们把自己关进笼子
以自由为代价
换取对世界的感知
在这短暂的知觉里
临时寄居

夏之癫狂

（人们需要忘记一些事情
或者欺骗自己
才能继续活下去）

夏天是另一场危机

什么树的叶子落了一地？
蝉鸣像是爆炸的霰弹
震裂了听觉

猫追赶着自己的好奇心
轻轻跃进叶丛的阴影
它的眼神清澈
是园中最后的纯真

（考场）窗外

树冠的绿色波浪
在建筑之间退潮
教学楼、图书馆自信地铺展
留下大块的镂空
像是沙滩上的巨石
远处，高层住宅挡住地平线
一道高耸的边界
世界的防火墙
稳固而缥缈
垂直的线条映着冷峻的日光
无数细小的窗格镶嵌在暗处
惊人地整齐

一只白鹭在几重轮廓线之间
低低地飞行

白鹭飞过之后
只留下我在窗的边界
听到一阵低频电子嗡鸣
来自智力的牢笼

真实宇宙

从纯粹而疯狂的一
轰然爆裂
无限扩张
辗转相生
瑰丽的万象

诗歌来自同一源头
最初的能量爆炸
衍生万象
诗人的超新星爆发
点亮寂寞的宇宙

人与诗歌同源
最初的纯粹天真
在辗转代替中
冷却

偶然的热情爆发
点亮寂寞的人生
在宇宙的玻璃穹顶上
留下火的烙印

夏　日

人们依然清早出门
去迎接火热的命运

炎热是一种现实
无可逃避
让人时刻感受
命运的严酷
让人在耐力的边缘
忍受热浪的起伏

想象力式微的年代
人们依然只有依靠想象
来对抗外在的高压与暴力：
膂力远超常人的英雄
携带一张强弓
用常人想来可行的办法
射下那作恶的太阳

人们对想象的信心
还剩下多少？
在这想象力式微的年代
让我们开始祈祷：
愿外在的暴力
不入内心的灵府

红砖楼

一

红砖楼躲进
雨痕斑斑的叶丛
在城市深处
默数着流年
世界每转一圈
就有一些房子拆掉
一些大楼立起
而你默然面对
风雨、飞鸟、落叶

二

军号每天清晨吹响
曲调如故
雄心和激情早已消退
高音喇叭嗓音嘶哑

每天唱三次革命歌曲
为你划定疆界
沉默的老国王

三

妻子拧干抹布
直起腰
搬家公司送来的
一千零一件杂物
变成了家具、日用品
干净整齐
我把对她的崇拜
藏在心里
背手踱步
开始做一家之主

四

房间很亮
风从屋后的樟树林

吹向屋前的法国梧桐

有时换一个方向

五

我一直在阅读

黑夜步步退却

潮汐上涨

遥远的地平线

有一线光明在跳跃

六

通往红砖楼的小路

楝树、槐树、合欢树

用无数细小的绿叶

把天空裁剪成精致的图案

头顶有一座拱桥

水泥剥落露出红砖

时间在裂纹中爬行

苔痕越来越深

忽然一滴清凉

沁入皮肤
我想起了山中岁月
无数朵白云

七

有时候世界会稍稍改变
比如深夜或凌晨两点
儿子用呓语把我叫醒
让我看看他的梦
所有东西都蒙上
一层淡淡荧光
樟树饱满的树冠膨胀
像一个个银色的圆球
许多绿色发亮的雨珠滴落
清晰可闻

八

黑夜从四方合拢
我抱着一岁半的儿子
匆匆走进楼道

他已经懂得

谨慎即大勇

小心翼翼喊了一声

哈啊——

灯亮了

他的小手指向灯泡

笑容纯真明亮

夜从楼梯口倒退一步

远远近近的灯逐一点亮

我们——赠楚风、湿人甲

打开一本真诚的书
走进一个真实的世界

现实非真实
现实是我们唯一的敌人
我们亲手制造了它
每一个寄居都市的人
心底都藏着一丝疑惑
我们想要逃离
却又无奈返回
在规划者的图纸里
寻觅一个栖身的小方格

重叠的概念堆积起巨大的迷宫
词源早已被人遗忘
失去了火焰的灰烬
像含糊的语言

我们握不住火焰
也不甘于灰烬

真实非现实
我们总以为别处有更好的世界
情感是阿里阿德涅的线团
带我们走出生活的迷宫
在理性让我们发狂的时刻
情感的指引
让我们找到生命的水源
它一直在我们身上流淌

真实即现实
诗歌即救赎
诗歌诞生于生生灭灭的时刻
却不随时间凋零
诗歌是另一个空间
在那里我们又相逢

相逢在诗歌的空间里
我们脸上只有纯净的笑容

井

城市喧嚣的旋涡
中心有一眼古井
在塔影巷中
收集淡淡的日影

石栏、青砖依旧
提示井的所在
偶尔有闲人驻足
低头探询
意想中的幽深

落叶、塑料纸塞满井口
铺开一张拼贴画
挡住好奇的目光

提到井水
人们依旧想到甘甜
只是这闹市中的井水

再也无关喜怒哀乐
井边再也没有
月下的清歌、絮语

塔影巷中
古井无声

冰　叶

今夜，读完一本书的最后一页
白纸上一簇簇黑色的文字
描写丁香深绿的心形叶片
我忽然想起小时候
在路边摘下冬青树叶上的冰
看着这模拟的形状出神
它透明而有叶的外形
想象力自动为它补上清晰的叶脉
一片冰叶
从记忆的暗处浮出
在凝视的瞬间
我仿佛还是冬青树下的少年
暂时忘记了这个陌生的我

冥 想

信夫头顶三尺有神明
以此吾之罪愆
得受自然惩罚
吾之过错得弥补
吾之冒进得抹平

汝从天而降
引我至白港之
高门

螃　蟹

从菜市场买来两只螃蟹
扔进蓝色塑料盆
不看它们的眼睛
对将要发生的事成竹在胸
谁又会去多想呢？
打开水龙头冲洗
用棕刷用力刷
开始感觉到敌意
宿命的预感在弥漫
剪开束缚蟹爪的橡皮筋
它们最大限度地张开双钳
声嘶力竭地抗议
保持冷静硬起心肠
扭断钳子揭开蟹壳
……

这还不是最后的罪行
在油锅中蟹壳变成红色
生命变形成食物
色香味是绝佳的掩饰
使一桩罪行足供欣赏

轻

一切都在离开
你为什么不想走
一切都在回归
你又为什么要走开?

尴尬的旅人
还在犹豫
一阵风吹动了
天地间的黑白分明

路　林

手伸向另一只手
人群渐渐聚拢
鱼群从手指间涌出
向旋涡中心飞旋

味觉的敏锐
像激动的电流
瞬间连通所有人
连通人与大地和海洋

生命的语言热烈直白
规则从人心混沌处成形
冲出建筑框架
延伸为巨大的龙骨

不用解释
无须道别
因为知道总要回归

在人心的丛林兜兜转转
你收获了什么？

众生沉浮
熙熙攘攘
歌谣涌动
画图浮现

人的目光如粼粼鱼群

二 月

顺着轻轻的鸟鸣

我瞥见一只麻雀飞过墙角

屋檐下融雪滴落

偶尔整块掉下来

带着水滴状的日光

我换了件薄外套出门

却隐隐感到悲伤

不是因为春天

雪中问答

雪还在下
许多问题来不及回答
我走进雪的天地
还是雪落进我的眼里

雪越下越密
我快要在雪中消失

雪没有声音
雪的旋律却一直在旋转
你的面容
几乎在这漫天飞雪中
向我显现

你不是为我而来
却在我的心境
凝结一个不可思议的冰晶

许多问题来不及回答
雪已扑进黄昏
落日不知在何方
是归去还是离开

在天与水的边缘
湖泊隐去
苍苍蒹葭隐去
你我不知身在何处

雪还在下

庾亮北路

蒙蒙细雨中
我走进零乱的诗篇
塑像和铭文
为翻新的街道
嵌进铜色的意义

三月未识桃花面
何人卷帘候春风
长江流水空寂寞
江南只合梦忆中

超市门前
两个穿睡衣的中年男人在聊天
穿黑羽绒服的中年女人
一手紧搂着女儿
一手撑起一把黑雨伞
高个儿年轻男子
脸颊紧贴着手机

匆匆走过

更多的人匆匆走过

车如流水马如龙

交错晕染的拖影

两个穿红羽绒服的女人

在路上拥抱

笑意如灯光

从拥抱的缝隙间漏出

人群恍如铜色浮雕

定格在细雨蒙蒙的时空

也许人们都隐藏着什么

也许心中有忧伤和希望

也许我只想和路人一样

匆匆走过

这零乱的诗篇

这细雨蒙蒙的季节

千年世事良悠悠

万里烟波尽离愁

青山犹自临水镜

明月几时照庾楼

女士们先生们

到了火车站

我就变成了女士们先生们

走上了陌生化的流水线

在入口处

我自动进入人脸识别的视线

车票被反复查验

安检上下扫描

仿佛有人真的关心

我是谁

火车把我送往别处

并不能带我逃离

亲切的声音仍在提醒：

女士们先生们

请对号入座

我好像随时可以逃走

却坐着一动不动

像是在生活中

找到了自己的位置

铁　路

从哪里能走上那条铁路

碎石子铺满路基

被时间打磨光滑的铁轨

闪烁着雨水的光泽

铁路两旁摇曳着细细的竹叶

远近的田舍

连绵的青山

一切都在雨中

我已忘记

从哪里能走上那条铁路

只记得

它离家不远

我时常在雨中

沿着铁轨来回踱步

走进一个个漫长的故事

仿佛暂时被时间遗忘

像一列绿皮火车

载着悠悠的乡愁

开往被雨水模糊的远方
铁路仍在记忆中延伸
只是我已忘记
从哪里能走上那条铁路
它是否还在一直延伸
直到那细雨蒙蒙的故乡

雪松岭：访华莱士·史蒂文斯墓

我到的时候已近黄昏
枯黄的草上白雪半已消融
草色变得朦胧，树叶落尽
林木的剪影像是许多烟柱
我手里拿着手机截屏
显示墓碑的位置
但是墓地甚为辽阔
天色变得更加昏黄

我看到一位女士步履缥缈
行走在林地间的小径上
我说，你好请问
她大笑着回头，眼神明亮
你吓到我了
我说明来意
她说尽管在这附近
已经住了二十年
她对墓地的布局

依然毫无头绪
对不起了

我继续搜寻
终于看到那座
外形稍显特别的
墓碑
我屏息走近
华莱士和埃尔西安息之地

因为这流畅的诗歌之泉
生命不息则诗歌不止

生命既已停止
诗歌的流水就此凝结
在诗的地图上

就像康涅狄格的众河之河

天　下

天下的人散落在天下
我亦接过生命的杯盏
天下的人皆自有命运
除了此杯还有何奢求

浩大的音乐弥漫四方
你是否加入这一合唱
声音起起伏伏不停歇
无人在意谁放下空杯

多少曲曲折折的心事
多少无法诉说的衷肠
多少壮怀激烈的悲凉
放下此杯就消散无形

弥漫天地的浩大音乐
可有一人在君临指挥
天下的人散落在天下
生命的会饮可有尽时

下　午

你斜倚在酒红色沙发一角
身穿浅蓝色衬衫
披着灰蓝、褐色相间的
针织大披巾
窗边鹤望兰的蜡质绿叶
遮住了灰蓝的天
我想看清这图画
却只看到你淡蓝的眼

风　景

一

你在记忆中化作一些线条
刻画在大脑的沟回里
逐渐被时间侵蚀磨平
你的体温保存在
我对生命的感觉里
来自地心的热
驱动着温泉水沸涌
你敏感寂寞的心灵
与我空旷的心灵相遇
只要意识尚存
就一直在意识的天空
制造一阵阵电磁风暴

二

樟树饱满的树冠
围成厚实的弧度

一行杨树手挽手
细长的手指指向天空
风吹动一片片叶
翻来覆去重复古老的语言

杨树之外
外形相似的高楼
保持着精确的距离

窗外是无人的人造花园
不用走到窗前
就能想象园中的一切

偶尔有飞鸟
轻轻飞越界限
啄食意义的两面
留下一些琐碎的符号

高楼之外的城市
全凭想象而存在
人在蛛网中心
守候着闪烁的电子信息

阿尔弗雷德·施尼特凯：弦乐四重奏 3 号

世界向我逼近，
但是我不在乎
谁在黑暗中大笑。
我只是唱啊唱啊
一支苹果花的歌
黎明晨光的歌
生命之美的歌
筋疲力尽灵魂的歌
翅膀由古老时光的闪光织成
那时候天空和大地是碧绿与金黄。

谁在大街上尖叫
现代的古老都市空荡荡的街道
充满孤独灵魂的歌？

我只是一直唱啊唱啊
歌声伸展翅膀穿越黑暗

当我在雨夜驱车暴雨袭来
全身的细胞惊醒，agitato

门

推开门

进入另一个现实

站在街头

看到世界纵然广大

也不过是分隔的空间

再也没有什么秘密

面对一扇门

也不相信

能有什么奇迹

绿水、新叶、春花

只是橱窗展示

对自然的模糊记忆

人们辗转在街头

机械地服从信号灯

避免争吵

避免接触

记忆的刻痕

预设了每一天的程序

不容有丝毫差错

准时出现在

预定的地点

任何一点意外

都会打破这既定的流程

让世界崩塌

让人恍然大悟

这世界离了谁不转？

为时已晚，下一位

不过这总是别人的事

还好没轮到我

庆幸又安全过了一天

领取了计件工资

支付了生命

人们总以为

在这毫无意外的生活中

能找到归宿

世界纵然广大

推开门

又回到现实的小隔间

塔岭北路

不知为什么
不是因为这冬天的雨
我走上了塔岭北路

走进
一段弯曲的记忆

没有人问
路面反复重新铺设
两旁的建筑
也屡屡翻新
更不用说
物是人非
这还是不是那条
青灰色的塔岭北路?

零星的行人走过
不像在别处

他们的面容
显得有些真实
毕竟这里是僻静的
塔岭北路

落叶也稀少
无心分辨是不是梧桐
我只是凭着记忆
走在盛夏的玉兰花下
左边是沉默的大胜塔
塔下是亭亭如盖的樟树

一座青砖四角凉亭
孤立在路旁
等待着命运
没有铭文
记载它的历史
只有一些斑驳的颜色
黑、黄、白、红
召唤西风的诗人
吹起落叶纷纷的颜色
四个大陆的颜色

在这青砖上凝固
意义难辨

我只是漫无目的地走着
攀上塔岭北路
弯弯的脊背

沿着小城弯曲的记忆
走进八角石广场
还是那么平淡无奇
像是这冬天的雨

诗 学

一、诗人如何驱车行驶在林肯高速？

诗人如何驱车行驶在林肯高速？
她必须全神贯注于道路系统，
机器在其上运行从不会迷路，
机械运行已经变成因循之风。
是机器带她抵达一个个目标，
她必须保持在同一条线路，
上班、下班、回家、幽会、玩闹，
不假思索，不见路旁的脂松树。
红灯让她停下，她出于惯性滑行，
抬头看去，被云的剧场震撼
那云梦幻般悬于翠菊的细茎，
欢呼声的静默风暴之上的奇观。
她继续沿着现实的路线滑行
在剧场之下，连同它消逝的永恒。

二、云的剧场下，连同它消逝的永恒

云的剧场下，连同它消逝的永恒，
我犹豫是否追随这流动的人间，
词语是我们在世上的感性收成，
像林中树叶不断落入心田。
我们测绘，把海洋变成浅碟，
风景变地图，河流山脉变细线，
不敢走出这具象的水泥限界，
藏身于别人强加给我们的理念。
世界在哪里？你又在哪里？
我如何认识你，除了身体的丰腴？
难道我不是诞生于温暖的真实？
难道吃苹果不是绝妙的隐喻？
碰巧是你递给我这浑圆的果子，
品尝过后我忘了我追求的知识。

三、品尝过苹果我忘了所有的知识

品尝过苹果我忘了所有的知识，
在成熟的季节再一次失去了自我。
对存在之美视而不见，莫衷一是

游荡的争论之风从这世上扫过。
美被劫掠，剥夺了一切神秘，
被当作借口吞食，像这苹果，
牺牲了丰饶，把欲望藏进种子。
在成熟的季节我们的信念飘落。
下一个春天树木重又苍翠，
花满枝头，像宣言的崭新章节。
但我们的信念盲目，永不会返回。
我们只是吹落这瞬息世界的果壳。
握着仅存的虚无，不敢问难：
我们如何重返生存的家园？

四、迎着怀疑之风，如何重返家园？

迎着怀疑之风，如何重返家园？
我们随手拾起又扔掉题目。
冬天白雪带来更多的不安，
像白色问号涂抹天空又飘往别处，
在记忆的暗处勾勒爱人的表情。
何时起，我们制造又打碎记忆，
用重制、重讲的故事来证实生命？
如烛光燃起，故事从哪里开始？

厌倦了问题，厌倦了空洞的幻视，
生命是闯进我们家门的不速之客，
唠叨不停，却从不回答问题。
要是我退还借来的辞藻，又如何？
手握象中之象，雪夜里燃烧的火炉，
点亮爱情的秘密，不可见而袒露。

五、照见爱情不可见而袒露的心魔

为照见爱情不可见而袒露的心魔
我们知道那需要生命的整个光谱，
但我们握在手中的如一羽白鸽，
停歇在欲望的边缘随时飞去。
我们的生命是从未索取的礼物。
它如何演化成急于逆反的自我？
它不停索要糖果。那老人暴怒：
"快跑，快跑！时日又将蹉跎！"
爱人，你持有困住真理的杯盏，
我为满足自我而饮，亏欠了你。
镌刻在石上的字迹已经漫漶，
历史只是循环、变幻的记忆。

从损失与悔恨中，我们创造了天堂，
无法保证的承诺，分享琉璃光。

六、共享琉璃世界，没有担保的诺言

共享琉璃世界，没有担保的诺言
衍生出一部巨著，作为补偿。
我与词语搏斗，只是断简残篇。
幸运儿用画笔、琴弦倾吐衷肠。
若知为何歌唱我可能会开口。
长久以来我沉默以对那些歌曲
隐秘的意图，像是屋里的小偷。
当我随波逐流的时候我何其孤独。
"你是否愿用图画、旋律换词语？"
当我独行，词语是唯一的行李。
在字里行间跋涉是我注定的旅途。
没有词语我的心灵是荒芜的土地。
沿着字行我走进地图的现实，
每个词都是指向可见之城的手指。

七、每个词都是路标指向可见之城垣

每个词都是路标指向可见之城垣
城池如在河流波浪上起伏之蜃楼。
我远不够灵敏，不解生命之变幻，
我将遗忘在渐暗镜中窥见之所有，
我将此镜当作一件至宝紧抱怀中，
它源自我之知觉，时间所结果实，
从此处我开启旅程如星云之飘荡。
我于时间之涛声折叠生命之痕迹。
生命是结局丑陋无人讲述的故事。
例证之一：你从未见时间之步痕
如同窃贼之所至，隐约知其所在。
另一例证：尔非钳之最后受害人。
若无词语我们如飞鸟失其羽翼
咏唱无词之歌如幽暗空间之涟漪。

八、咏唱无词之歌如幽暗空间的波浪

唱着无词之歌，如幽暗空间的波浪，
我秉烛漫游在恍如迷宫的时间。
一千座城池被霓虹旋涡照亮。

我唯一的线索是缠绕着纺锤的诺言。
你是我的阿里阿德涅，唯一真心
对我的人，也对我绝望的旅途。
我站在不可见中，默想太阳光明，
看到你的目光指示迷宫的出路。
我们的希望源于第一位造物者，
我们的激情是恩典活的印记。
音乐从存在升起如不凋花的颜色，
保存着对你年轻面容的记忆。
这是诺言：我们将同获自由，高翔
在时间的巢穴之上，光明的圆形剧场。

记　忆

一

我们把来不及理解的
随手扔进记忆
就像一时用不上的东西
随手扔进
一间从不打扫的屋子
以为它会一直在那里
可是要用的时候
却怎么也找不出来

二

山中有一棵树
独立于树林
用纤细的手指
轻轻地敲奏

黄昏的五线谱

如今记忆的手指
在敲奏我的黄昏

雨天的文学课

无声的气压
在等什么?

还不是时候
说出你自己

我们在等什么?
是不是同一个名词?

说不出来的名词
还没有说出口的

雨

布满天空

摇摇欲坠的天空

隐　喻

离家的人在离开的瞬间
就拥有了家
一个可以回归的地方

旅途中的万象
都蕴藏着家园的记忆
林木的拱门
青山如枕
蓝天白云之上的天堂

天地万物之逆旅
在生的瞬间
就踏上了回家的
不归之路

诗人还在漂泊，何时
才能回到诗神的脚边？

远别离

你们的脚步
随鸟鸣声远去
没有人在追踪你们
把你们的行踪轨迹
画上地图
只有看不见的思绪
一阵悄然的旋风
让落叶飘起

梦将醒

走在夜里
一路拾起星光
直到世界
缩小到你的足尖

雨　后

漫天的雨
用万千声音
让我沉默

雨停了
天未晴
云不离开
谁也不说话

天渐渐变亮
云团的轮廓
隐约显现

玉　米

此时的心情
就像走过一片玉米地
玉米地不是我的童年
我的童年在南方
生命生长的时候
火热的南方
我以为我知道玉米
其实只是玉米的影子
远方的玉米地
有我孤独的影子

蜡 烛

讲台——正如柏拉图所说，
我们总能认出讲台
尽管其外形每年都在变，
是因为讲台的理念不变——
抽屉里有一袋点过的蜡烛。
我取出一支看了看，
它已经快要燃尽，
烛芯焦黑卷曲，
蜡油在底部凝结成花瓣
残缺而饱满
挽留最后的弧形
如苍白的莲花

谁点燃了八支蜡烛？
我把它放回原处，
和其他蜡烛一起。
一支蜡烛立着，
七支蜡烛躺着。
像卡茨基尔山中

玩九柱戏的矮人。
点过的蜡烛，
依然是蜡烛。

惜余春

太阳用饱满流溢的金黄
浸透了我们的屋子
远近的鸟鸣
渐渐从清脆变成呢喃

在春天无须再担心什么
只是心底有一丝隐忧
这好时光恐难长久

我们只想守住
时光编结的巢
仿佛这就是我们的一切
我们只想这样活下去

我们谨慎剔除语言中的寓意
把坚硬的空壳衔回家
留在心底的记忆渐渐模糊

从清晰变成呢喃

似乎这样还不够安全？

太阳的金黄

浸透了我们

这大好时光

恐难长久

仪　式

闭上眼睛，迎接光明。
起初光线自头顶倾泻
黄的渐变色
透明如水
泛起明暗交错的涟漪
渐渐有了温度
再也无须在意方向
如沉浸在温泉中
放弃了诸般烦恼

回忆涌现
爱情和风景
总是交织在一起
如同山中的秋天

现代生活方式
有一种奇特的便利
我从未注意

如此轻易浮在高空
不用特意控制自己

不用特意想到信天翁
所有消息都变得渺茫

我如众生
亦是太阳抛下的一粒种子

法布尔明亮的眼睛
为生命的奇迹而惊喜

云层中雷电隐隐

翻开昨日之书
最后一页，
写下：

在夏天活着
如婴儿抱元守一

晨　月

偶一抬头看见月亮
像一瓣快融化的冰
苍白月牙少许镂空
透出天上蓝色波纹

花　园

路尽头
有一座花园
我在门外徘徊
遥想园中景色
走进去
或许落叶披满身
在花园深处
见到故主人的石像
表情模糊
快要消融于时间
落叶不断轻触
面庞

雨中雕像

雨水是有形世界的手指
绝望地触碰无形
诗人消隐在时间深处
只留下一抹悲哀的表情

表情的面具也将破碎
绿荫环绕的有形世界
无法挽留逝去的声音

消失在时间深处的声音
曾经饱满如船帆
如今何处可寻
只有雨的手指
漫无目的地四处摸索

广　场

我走过广场
从深处挖了两颗土豆

刚在喷泉边坐下
两个白衬衫黑西裤
坐到我身边
他们说了什么表明来意
我说了什么表示拒绝
都不重要了

喷泉边是待不下去了

水池对面有个女人
抬头看了一眼
目光似乎穿过了水幕
又低下头看手机

水池边的玻璃钻石
硕大而直白
闪耀着有些陈旧的虹彩

人群熙熙攘攘
如水流一般
无孔不入

建筑物四面合围
举着各式招牌
挑逗想象力

一座尖顶教堂
不太显眼
也不太合群

音乐响起
喷泉直射高空
人群活跃起来

我穿过广场
带走两颗土豆

坠　落

黑色的水泥悬崖
绵延的城市天际线
面无表情的人们
无声无息地上上下下
不时有黑衣人坠落
咬紧牙关带走秘密
掉进下方的遗忘深渊
有人探头看一眼
有人耳语几句
更多人面孔朝上
继续上上下下

苍白的月亮高挂在天上
白衣女子飘然落下
清亮的一声呼喊
月亮更加苍白

她掉进了下方的深渊

是否带走一丝惊慌与失望

有人探头看一眼

有人转身掩面

有人低声咒骂

更多人面孔朝上

继续上上下下

遗忘深渊的黑水

三百年旋动一次

吞没飘浮的记忆碎片

月亮高挂在天上

仿佛想起了什么

脸色更加苍白

曙光路与中山东路交叉口

规则已经定好
每个人都在等
属于自己的三十秒

不需言语
不用告别
人人只想尽快离开

青青的天上
吹来看不见的风
吹不动楼宇
只是吹落香樟花
和零星的枯叶
在水泥路面辗转
回不到泥土

一个孩子
在林荫路上爬行
追逐着单纯的快乐

阳光透过簇新的叶
在纸页上形成光斑
仿佛无声地读
那些文字

望城南

寻找风景的人
视线总是越过
水泥金属的天际线
望向城南
天边青山一脉
天上云山万重
夕阳照得云峰金黄
仿佛神话诞生的雪山
随时消逝的永恒
显影在记忆的视网膜

失　眠

一扇门
开开合合
悄无声息
明暗交替

我在门前
犹豫着
影子
在身后
渐渐拉长

跨过去
跨过去
就是甜美的空虚

地球在它的轴上
缓缓转动

黎明

披着透明的灰蓝色轻纱

从太平洋上的群岛

慢慢走来

脚步

是一串白色波涛

我想看看她的眼睛

朦胧的灰蓝色眼睛

我在门前

犹豫着

抬起的右脚

停在半空

心　动

明晃晃的高楼
扎在大地上的
一根刺
晃了一下

人们慌忙逃离
议论纷纷

有人调侃：
不是楼动
是心动

等风过去
再想一想

高楼源自人心
由人设计
由人建造

人心不稳
楼何能稳

大地伸出手
想要护住
惊慌的人

变色龙

一

我就像一条变色龙
想用环境色
掩藏自己的感情
不协调的鲜艳斑点
却渗透进皮肤

变色龙自以为万无一失
可以躲在深浅的绿荫里
不被人看见

那些不协调的颜色斑点
是生存策略的瑕疵
却又是生命的符记

二

自认为拥有的自我
像一幢没有出口的建筑
因此也很难认为
它有一个入口

三

我随时背叛自己
只在梦里对自己诚实
却又隐隐不安
仿佛知道
是在做梦

四

一个人就像一枚硬币
用庄严华丽的一面示人
其价值却取决于另一面

五

欲望本是用来诱人
活下去的蜜糖
却常常让人迷失
在辗转分岔的歧路

六

知道一切必将发生
却又对下一刻茫然

这是一个不停翻转的
镜子的世界

随时会迎面遇见自己
又目送自己远去

洪塘秋

多少因缘

淤积在城北

寂寞的街道

变化何其缓慢

如岩石的风化

在苦熬一个时代

耗尽它的精神

而人的变化

悄然而迅速

如落在人行道上的

栾树黄花

归乡路

踏上归乡的路
像梦醒的人
去寻找梦乡的风景
心中总有一丝疑虑：
梦中所见的
是不是这条路？

记忆原理

不知为什么
想起
多年前陪老师见过
两个青年诗人
他们打开自己印的诗集
稻田柳树蛙鸣
这些诗句模糊不清
但是有几行浮现
清晰如镜

他们毕业时
对着校门
　中
竖　　指

天童寺

古寺无声
暮鼓晨钟
时候未到

闪烁盘旋的鸟群
绕着寂静的中心
形成一个旋涡

彗　星

哈雷彗星
我的眼睛
停在了时代的黎明

我又怎能回到从前
那个黄昏
美丽的彗星
停在地平线上

哈雷彗星
时代的眼睛
停在了我的黎明

夹竹桃

一

童年的花
又开在了夏天
城市有了新欢
又有谁在意
这熟悉的陌生人

二

九月的夹竹桃
垂头站在路边
曾经的繁花满树
随夏天消失

记忆中的花朵
并未凋谢
大朵白花的褶边

挂着硕大雨滴

九月的夹竹桃
仿佛消瘦了
秋天的热闹
不属于她

春　草

雨中春草生长
不分白天黑夜
褪去纷纷思绪
长成单纯表情

地下车库

入口处的夕阳

在金相框里

投下了寂寞的身影

三百六十五天

偶尔有一天

摇晃着开下坡道

忽然热泪盈眶

不知是为音乐

还是想起某个人

以云为师

以云为师
学会漂泊
与偶然做伴
享此刻自由

以云为师
学会放弃
不必急于回答
所有问题

以云为师
学会沉默
满天华章
何需言语

以云为师
或以云为友
或为云师
或为云友

镜中人

我看着镜中的人
如看路边盛开的花
只是看一眼
就觉得已经看清
那些硕大的花朵
想要仔细看的时候
又不知道要看什么

镜中的人
目光无法回避
关于他的种种看法
都是从我心中生起

我看着镜中人
我若走开
他也消失
如果就这么僵持着
彼此都不知道
要看什么

夏之断章

植物比去年茂盛

高过了窗台

白云依旧

在环绕的绿树之外

演出花腔女高音的哑剧

人也依旧

收敛了笑容

笔下倾泻的词语

铺满了纸张

把青春的才情

变成规定的语言

就像是骏马

赶进了跑道围栏

克服最初的迷茫

把奔跑当成一场游戏

……

这依然是最好的季节

通向自由的天边

瓶中叶

玻璃瓶中
几枝龟背竹叶
浮现在记忆的空白
离开生活这篇散文
深浅的绿没了章法

枝叶相继枯萎
剩下最后一枝
依然青翠

直到一抹鲜明的黄
浮上叶心
修长的茎
在瓶口折弯

真实已经完成
意义有谁在乎

都败给了时间

空空的早晨
像个玻璃瓶

云 门

云门在四面天上
若隐若现半开半掩
风自由来往
像仙人的衣带

在一个平常的日子
我望着云门
开在四面的天上
不觉衣袂飘起
迎着自由来往的风

计步器

徒然走过了岁月
随身携带着遗忘
黑夜有它的节奏
不论欢乐与悲伤

长夜过后又天明
如水流去不再来
众声喧哗谈笑间
一人默默且独行

徒然走过了岁月
几时纵酒又高歌
各人自困自孤独
过客谁能惜光阴

不论贫穷或富有
不论贵贱与高低
众人共生这时代
终究随之散如风

雨停了

雨停了
天色阴沉

普通人的命运
就像这雨
只是时间的祭品

有人努力制造彩虹
装点灰色的天空

有的人孤独终老
更多人结伴而行

那天地间的潮水
也在人心中汹涌

雨停了
天色渐明

相　信

时间已不够
任由漫长的怀疑挥霍
我必须做出选择

只有时间真正与我
有奇妙的缘分
如果时间有形
应是一匹骏马

相信太阳神
赋予生命
热烈的属性

相信智慧者
无尘的导师
以慈悲心度我

相信爱人
时光的同行者
生命的印证者

相信自我
源于太阳神
纯粹的热能
沿光的轨迹
策马而行

木　兰

雨是穿灰袍的女人
在黎明时分
低声絮语
洒落四方

唧唧复唧唧
木兰当户织

《木兰辞》中有一种柔情
在黎明的雨中重临

木兰在黎明时分出了门
没有人知道她心里想什么

女亦无所思
女亦无所忆

木兰在厮杀的男人中间
成长为伟大的女性

软弱的男人们
把自己卑微的欲望
编织进木兰的故事
比如那壮胆的号角
木兰本不需要

厮杀了几千年
他们也没什么长进

木兰早已升上天空
木兰只能苦笑
摇了摇头

雨是穿灰袍的女人
在黎明时分
低声絮语
越来越明亮

童　年

河水里透明的小鱼
在水草间快如闪电
快如童年的消逝
和记忆的闪回

成为弱者

不是放任坠落
从相对高处
没人能确认
高处又在何处?
离开词语的城市
回到真实的森林
拾起一片落叶吧
细看叶的枯萎
逐渐清除自我
被定义的部分
像一株新的植物
从泥土中长出
像趁夜色爬上河滩
蜕去旧壳的螃蟹
软软的像面包
像阴天的天空
有越来越多的透明
在你不知所措的时候

动物园

动物园属于童年
随手一挥
丢进了城市规划
最冷清的角落

走进动物园的时候
动物们没有上前围观
我们

安全第一
动物不动
既不飞
也不跑

心在千里之外
猜不透

我们从动物的命运
看到自己
动物对我们的命运
不屑一顾

我们修建城市
还是城市圈养我们

城里才有动物园
我们捕猎活物
把它们赶进围栏
赶进铁笼
赶进玻璃房

幽深的黄色、绿色眼睛
看着我们

感　谢

东窗边有一棵绿树
南窗边也有一棵绿树
世界在不远处
我又要一个人
度过平淡的一天

感谢你让我活着
时间的黑暗
没有把我彻底掩埋
对你的思念
和无边的时间纠缠在一起
变成我生命的枝枝叶叶

感谢你让我活着
感谢你让我思念
我不怕一个人
度过平凡的一天

忘

时间的影子
漫过岩石
留下深浅的纹路

满天星星的童年
折叠进云层
变得立体而透明

忘记的梦
随夜晚消失
谁又知道
我们活着
不是梦的重演

大雨围城

大雨围城
不断突破飘摇的防线
谁说雨无声
无声也是气势磅礴
谁说雨有形
总在捕捉的瞬间逃脱

总以为此生有情
终不负
也知道
离家终有回家时
出发时去意已决
如大雨滂沱
归来时四顾无人
环堵萧然

霖雨十日
是谁匡坐弦歌
天乎！人乎！

大雨围城
谁说雨无声
大雨围城
谁说雨无形

雨气森森
如鼓阵阵
雨色四合
寒意入骨

那一声声轻言细语
那无法回避的目光
逃不出天地之间
总在心底
溅起无数生灭的水花

离　别

又一场离别
在我的世界
制造一大片空白
如枯草的旋涡
吸纳消失的草原
广袤的叹息
蛰伏进深秋

也许会从中
泛起感伤的湖泊

独自在这烟雨湖边
我想要祝福所有人

青 枣

新学期第一节文学课
我带去了两颗青枣

食堂阿姨把它们
交到我手上的时候
我眼前一亮

然后折回去问了
这是什么水果

课堂上
简单读了几行
麦克利什那首
似乎长满青苔的
《诗艺》

我拿出了两颗青枣
伸手可触的沉默的果实

我希望有一位勇者

领走这两颗果子

唯一的条件是

咬一口，然后告诉我们

这果子是什么味道

没有人站出来

我只好带走两颗青枣

像一个失败的试验者

带走实验品

偷偷吃掉

那青涩的味道

让我想起了你

语　法

到时候花就开了
到时候花就谢了

就像心念一动
说了一句话
话说完了

一个字不多
一个字不少

都不见了

叶

这平凡的生活
终不过是一枚落叶
在你的掌心

会不会
被远方的音乐

吹起

纸

一

有许多白纸

已不可能再变回白纸

生活不能回到原点

你不能回到从前

空洞的目光像一面镜子

只是容纳

不动感情[1]

房间里的寂静

充满了声音

以至于变成轰鸣

我们忘记的究竟是什么

是什么让我们想起

再多的罪孽

也不过是因果

1　《诗经·邶风·柏舟》：我心匪鉴，不可以茹。

地水风火

成住坏空

四大皆空

何必树纪念碑来铭记

我们紧盯着仇人

策划一场复仇

甚至在思想里

准备好了木棍和麻袋

伏击秦始皇于博浪沙

刺客与皇帝都被历史卷走

张良淡忘了往事

可惜没有学成神仙[1]

语言自己在行走

没有什么玄妙

没有什么能抵抗时间

时间既不美也不丑

黑夜里飞的白天鹅

---

1 《史记·留侯世家第二十五》中提到，留侯乃称曰："家世相韩，及韩灭，不爱万金之资，为韩报仇强秦，天下振动。今以三寸舌，为帝者师，封万户，位列侯，此布衣之极，于良足矣。愿弃人间事，欲从赤松子游耳。"乃学辟谷，道引轻身。会高帝崩，吕后德留侯，乃强食之，曰："人生一世间，如白驹过隙，何至自苦如此乎！"留侯不得已，强听而食。后八年卒，谥为文成侯。

白天飞的黑天鹅

黑夜里飞的黑天鹅

和白天鹅一样在飞

一旦开始

就有了飞翔的姿态

就不能再回头

用飞行拒绝留恋

用生命抵抗死亡

黑天鹅逃离黑夜

笑容逃离面孔

笑容需要一个面孔

哪怕是再丑的脸

也可有最美的笑

月出于东山之上

我在月光里徘徊

只是为了你

我在黑夜里徘徊

二

多爪多足多口的机器

碾压一切

不像蝗虫只吃庄稼

机器碾压人类

无数张口结舌的人

没来得及说一句话

就被机械手抓住

最后的表情

化为夜晚的寒意

如果没有牢笼

金丝雀如何生存

华丽的牢笼

由时代出钱制造

人人都想占有股份

在其中舒适地生存

而诗人从不愤怒

只从天上接行杯

愿接卢敖游太清

谁又没有一点骄傲放纵

谁又该背负谁的债

流水向东

流水向西

人们互相猜疑

风吹向南

风吹向北

诗人在林中吓走了樵夫[1]

大自然从来没有出错

一花一叶无比珍贵

人间总还有孩子的笑容

这机器在轰鸣

是谁躲在机器后面

发出冷静的电子指令？

捂住耳朵！捂住耳朵！

捂住耳朵的小女孩

眼睛里有凛凛星光

照破这时代

---

1 《全唐诗话卷之六 · 周朴》：朴，唐末诗人，寓于闽中僧寺，假丈室以居，不饮酒茹荤，块然独处。诸僧晨粥卯食，朴亦携巾盂，厕诸僧下，毕饭而退，率以为常。郡中豪贵设供，率施僧钱，朴即巡行拱手，各丐一钱，有以三数钱与者，朴止受其一耳。得千钱以各茶药之费，将尽复然，僧亦未尝厌也。性喜吟诗，尤尚苦涩，每遇景物，搜奇抉思，日旰忘返。苟得一联一句，则欣然自快。尝野逢一负薪者，忽持之，且厉声曰："我得之矣。"樵夫矍然惊骇，掣臂弃薪而走。遇巡徼卒，疑樵者为偷儿，执而讯之。朴徐往告卒曰："适见负薪，因得句耳。"卒乃释之。其句云："子孙何处闲为客，松柏被人伐作薪。"闽有一士人，以朴僻于诗句，欲戏之。一日，跨驴于路，遇朴在旁，士人乃欹帽掩头吟朴诗云："禹力不到处，河声流向东。"朴闻之忿，遽随其后，且行。士但促驴而去，略不回首。行数里追及，朴告之曰："仆诗'河声流向西'，何得言流向东？"士人颔之而已。闽中传以为笑。或曰："晓来山鸟闹，雨过杏花稀。"亦朴诗也。……黄巢至福州，求得朴，问曰："能从我乎？"答曰："我尚不仕天子，安能从贼？"巢怒杀之。

304

咆哮的人

只是用破旧的高音喇叭

掩饰心虚

空虚的心一无所有

只能到处逢迎

见金钱低头

逢利益弯腰

遇权力下跪

机器哪管得了这些

只是一路碾压过去

谁在天堂谁在地狱

谁又拯救了谁

轻轻的鸟鸣

拯救了我

鸟鸣声声在说些什么

鸟不是神仙

鸟鸣是一个更大的穹庐

我在其中盘旋

三

为什么刚开始就想到结束?

只是因为没有足够的时间

除非你能掌握轮回

感官是不是一个牢笼?

人人心头有一把锁

锁住的与其说是自我

不如说是空虚

只有空虚

像可口可乐配方

值得重重铁锁保护

只有空虚

需要不可破解的密码

只有空虚

到处制造更多的空虚

这世界依然气象万千

开始就意味着结束

尽管不断有人插话

就像子弹射向目标

一颗子弹又算什么

只不过是出自人的机巧 [1]

人的机巧却难以驾驭

1　杜甫《赠李白》：二年客东都，所历厌机巧。

化为新时代的智能上帝

把人变回奴隶

如果对每一件事情

都这么思考一番

就会发现这没完没了

语言的马群

奔向四面八方

追逐着水草河流

广袤山川化作肌腱的活力

永远不会枯竭

语言的马群

把我载向何方

有时我骑着马

有时马骑着我

又一起化为一只鸟

张开乌黑的翅膀

大如垂天之云

玻璃球眼睛的艺术家 [1]

---

1 英国诗人威廉 · 布莱克（William Blake）的密友弗雷德里克 · 泰瑟姆（Frederick Tatham）说布莱克的眼睛"大得异乎寻常，仿佛玻璃一般，他似乎是用这双眼睛看进某个彼岸世界"。

早已看穿一切

独自在旷野里呼喊：

神的真言是地狱烈焰！

地狱烈焰是神的真言！

人们探头探脑

只因好奇那奇异的虹光

烈火灼烧

金银铜铁

黑陶白瓷

什么能承载艺术的神迹：

神思只在腾飞之际

方有万千姿态

一旦凝固

只如铜器上的火痕

贝壳文石上冰凉的虹

苹　果

在水果店里
我还是有自信的
问过了两种苹果的价格
就在较小的那一堆里挑拣
随手拿起了一个
不太端正颜色有点暗沉
仔细一看
好像还有一个小黑斑
我想放下
转念一想不行
不能这样对待一个苹果
于是把它放进了塑料袋
虽然还是有点不甘心

拒绝真实

我们不讲自己的故事
或者身边人的故事
偶尔有人问起
就找一些遁词
遮掩过去

真相就像黑洞
不拒绝一切
但是拒绝遁词

我们因此拒绝真相
因此我们不得安心
不讲出自己的故事
仿佛从没活过

谁也不得安心

就像李白

一生浮云飘荡

找不到那只秦吉了 [1]

---

1 李白《自代内赠》：安得秦吉了，为人道寸心。

晨

我在读一本白色的书
写满黑色的字
一些人从身旁经过
拖着长长的影子
树的影子也在动
远远近近的鸟鸣
形成多声部
把圆形的天顶
分出透明的层次

垂

一直担心
龟背竹的叶子
有一天会垂到地板上

结果真的
一片叶贴到了地上
也没觉得有什么

倒是我的灵魂和肉体
越来越下垂
令人担忧

时空伴随者

我对你的思念
已经漫出
大海的玻璃缸
密接，还是次密接
都已遥不可及
像重重叠叠的海浪
像鱼群的旋涡
在湛蓝的深处
撞击出羽毛般的裂纹

妇幼保健院

除了那座雕像
周围的一切
都没入了记忆的不确定

清瘦的产科主任
战胜癌症的女强人
从传言的浪沫浮现
诅咒这座雕像
它不该出现
在医院这样的地方

儿科的特别气味
走廊里窥见病房
照进产房的一束阳光
都沉没在记忆中

除了那座雕像
裸体的女人
双手高举婴儿

人间世

一阵风吹来
我重又清醒
何必去追问
路边夹竹桃
青青树下草
我们都一样
活在这世上
没什么科学
能精确描写
我究竟是谁

分割线

阳光在墙上
划一道分割线
我在阴影之内
窥视光明的宏伟领域

上天堂还是下地狱
又有什么关系？
无论在哪里
我都是无名之辈

人间的悲欢离合
是天堂地狱的预演

地狱是炙烤现实的烈火
天堂是烈火的光芒

云的时代

只有云还为人们保存着希望
云留下了想象力的重重遗迹
每当你不知道要往哪里去
你都可以想象自己是在向云走去

走在想象力的重重遗迹之下
沿着一条不存在的曲线

仿佛这样才更加真实
仿佛只有这样
才能暂时放下现实之重

退

退入雨中
芭蕉叶下
雨声淅沥
绿意晦明

退入冬天
天将欲雪
云如帘帷
将卷未卷

退入时间
灵魂初成
欲窥万事
有意无意

语言课

太阳是名词的起源
也是动词的起源
时间是句法的起源
四季是轮回的篇章

存在，是语言的第一个表达
也是语言的存在方式
语言与存在共生

谁是语言的第一个使用者？
只因你的情感
不能自已
四季轮回的篇章
才有许多变奏
光明与黑暗
幸福与痛苦

爱与恨

善与恶

美与丑

黑与白

黑与白

我对你的爱有两面
就像白天与黑夜

内 篇

他山之石，可以攻玉

海边的史蒂文斯

中西诗学之思

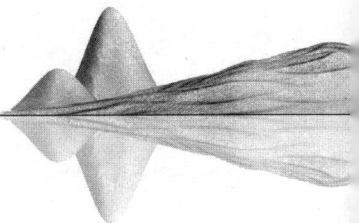

与友人过杭州小和山访潘家云兄饮酒甚欢

小和山外山，
黄酒泛黄金。
同心言如兰，
真如自在心。
举杯先自笑，
言语复翻新。
相知岂可证，
倾杯更殷勤。

西　湖

此心托付于天地，
身如清风不自由。
西湖西山独自美，
入得眼中成画轴。

甘棠秋夜

秋来暑未消，
秋虫声嘈嘈。
儿童指湖岸，
月牙在柳梢。

修道歌贺傅浩师生日

一身千百虑，
终日无休息。
中道何修广，
迷途众分歧。
修真在调心，
元气自凝集。
归摄身语意，
降服贪嗔痴。
毒瘴去有日，
清虚来有时
大道至简易，
寂然心不移。
朗澈见本性，
勿为魔所迷，
此身亦当舍，
长生岂所期。

渐生戒定慧，
行止乃得宜。
铭骨传师语，
成道务专一。

留别傅浩师

言语本寂寞，
世事归浮嚣。
数言判诗史，
欺心无所逃。
慈悲醒世人，
奈何人自骄。
总为诗达道，
劳心何悄悄。

论诗偶成

天钧运无穷，
茫茫开鸿蒙。
奇景比列星，
动静蕴其中。
天清日月白，
地广万象综。
灵明借人心，
虚实总成空。

离京五年遇傅浩师过明州

善圣者不言，
吾师不忍私。
独抗众口喧，
众心岂思齐？
无星照甬城，
有意解悬疑。
我亦一何愚，
食言如食梨。

琵琶语

多情难诉说，
说时应沉着。
不觉更漏尽，
方悟言语多。

庐山寻雪

雪融如梦消，
隐入庐山高。
渐行人渐远，
雪色更迢迢。

赠杨成虎师访学欧洲归来

诗人胸中意，
神思以触物。
不为海客欺，
云霞必亲睹。
游观万国景，
生心无所驻。
笔下烟霞飞，
唯因有情故。

留别明州诸友

相遇红尘太匆匆，
不觉几度沐春风。
屡向湖中擒九龙，
还攀岭上看桃红。
方家河头留笑语，
卖柴岙里坐听松。
他年归来再倾杯，
一样梅酒味不同。

闻葛体标兄论施密特与本雅明

无明多失路，
有志乃遨游。
纵论前贤过，
心怀天下忧。
趋时难免责，
取直自无尤。
毁誉谁能躲，
浮名不可求。

读庄子偈

相忘而不忘，
无情而有情。
闻风而心悦，
薪尽而火行。

己亥岁末留别明州诸生

秋云聚东海，
岁晚散天涯。
别去三江雪，
归来一院花。

江南春

独坐京城雨，
长思故国春。
白鸥升碧落，
紫燕掠青茵。
画阁人临梦，
清歌月照筠。
青梅酒重煮，
归去藕塘新。

辛丑腊月初九与杨成虎、董子淳、王军、裴爱民、熊琳玲诸友访灵隐寺道中作

香车过罢皆非是，
伫立寒风羡旅鸿。
秋尽叶黄枝上少，
冬来云淡岭头空。
穿行闹市楼千尺，
横越钱江雾九穹。
为访灵山不辞远，
寺藏隐隐竹林中。

甘棠湖

春来九江绿，
花绕碧波湖。
时雨临佳地，
清茶满玉壶。
相逢人一笑，
夜话意频呼。
月远庐山近，
流光映市衢。

读杨成虎师新作

四季如轮转，
诗翁不辍吟。
清心无挂碍，
妙笔有佳音。
夏至芙藻密，
兴来趣味深。
卧听今夜雨，
池水似鸣琴。

赣州通天岩

碧树彤岩掩仙府，
水帘进玉走游鱼。
翛然古圣云游去，
壁上银钩铁划书。

郁孤台

云深几重树，
江阔古台空。
郁郁凭栏处，
粼粼水逐风。

郁孤台怀古

章江贡水来天际，
绣拱雕檐倚碧空。
纵使锦襜飞将在，
鲲鹏独去古今同。

厦门梅海岭

林木深深市井远，
梅香隐隐行人欣。
黄花几簇捧明月，
紫燕一双剪白云。

东林寺大殿东隅瞻药师佛像

殿角一窗开，
梅香似雪来。
沉吟垂慧眼，
无心谁能猜。

酒歌赠裴爱民兄

不携玉壶酒，
何事向青山。
心似星灯火，
粲然云翳间。
水流低唱远，
鸟矗紫霞斑。
踏嶂还攀岭，
青牛笑叩关。

谷 雨

坐对东风畅，
行观橘柚花。
时时驰骤雨，
不碍短歌遐。

咏 怀

昔年慕康乐，
徒羡句清新。
中岁重收拾，
略知风雅淳。

朝 雾

雾色轻垂幔，
行人过断桥。
儿童相逐戏，
青玉见云霄。

暮春闻贾庆军兄演说阳明心学

言从心即理，
论证道分明。
运转阳和气，
周流月色清。

论诗口占

诗家思不慎，
仿佛逐流樽。
宇宙如神秘，
观之动魄魂。

辛夷花

曾上牯牛岭，
忽闻异界香。
依依辞别去，
心印净瓶光。

暮春过余姚

远山浓淡绿，
近野浅深黄。
绕屋塘如镜，
樟花百里香。

过庐山归宗寺

青山回翠嶂，
古寺失其踪。
薪火传如缕，
一僧叩晚钟。

观八大山人及石涛画

城中幽僻处，
破屋对江流。
高士无踪迹，
空余断壁楼。

读《世说新语·尤悔》

旦暮忧思至，
飘风骤雨驰。
任城徒体壮，
周邵自心移。
阮裕离虔信，
谢公失粹夷。
愁时长覆面，
方悟意难欺。

《溪山行旅图》画意

暮雪明溪涧，
苍山黯杞榛。
前途先莫问，
且待牧歌人。

虹口鲁迅公园

落日知何处，
行人认紫藤。
谁吟思旧赋，
海上浪涛升。

石　楠

四月春光盛，
园中醉管笙。
石楠花下立，
不羡世间名。

题惠州无名沙滩

前后浪相续，
看时失影踪。
转头人去后，
明月自从容。

秋　思

风乱一窗叶，
帘收九派云。
四时恒变易，
白发可回春？

布　谷

午时群响静，
布谷数声啼。
不辨其中意，
听之欲忘机。

雨

声声弥远近，
帘幕隔山川。
不问流何处，
闲窥水满天。

初　夏

夜永心方静，
茫茫似忘忧。
微风尘不动，
明月下西楼。

惠州巽寮湾

青山环碧海，
双月挂天涯。
落日融明镜，
归帆各向家。

惠州吟

缚娄传古国，
江水久苍茫。
横岭钟镈立，
昆山片玉光。
朝云别苏子，
郁岛隐仙乡。
南海波光滟，
千年不觉长。

四明山

丹山紫赤水，
峻岭掩青枫。
遥见层峦外，
真人上远空。

城郊早行

路见三山知宇宙，
远行十里念苍生。
东方未白寻归路，
遥向红尘市井行。

东钱湖观云

造化挥毫处，
浮空见画图。
远山深浅黛，
无字写天符。

访鹅湖书院

信江怀玉水，
湛湛绕青田。
耆宿弘深旨，
诸生执旧篇。
直心通大道，
穷理尽天年。
归卧晴窗下，
心存碧水边。

婺源篁岭

游人求五色，
古镇售商家。
岭上人离宅，
田间鸟逐花。
家家冷炊爨，
户户盛云霞。
转徙寻天地，
夕阳不觉斜。

浔阳秋夜

风住南湖水如镜，
无星无月伴灯明。
梧桐落叶纷纷雨，
人似江鸥向古城。

四照花

人间多扰攘，
入夏雨方殷。
不似青山上，
花开胜白云。

庚子暮春重游莯湖

围城如蚁聚，
久困欲遨游。
水绕前山绿，
云连鹤岭幽。
轩车遮远道，
明鉴隐孤鸥。
转入空林里，
清风解我忧。

忆钱湖东路周尧昆虫博物馆旧游

雕虫非小技，
独照见乾坤。
借以窥天德，
安居孔氏门。

东钱湖南宋石刻

千年风雨蚀，
石上衣冠全。
铁马金戈碎，
汉唐风骨传。

题裴爱民、熊琳玲伉俪灵隐飞来峰夫妻藤合照

年华还趁好，
携手恋山林。
悄立佛前誓，
红尘永结心。

芍　药

心宽谁可胜，
意态自从容。
不觉春将老，
严妆减一重。

白　露

白露何由结，
秋来暑气燎。
刻舟求宝剑，
忘我暂逍遥。

夜行北环高架口占

独自归虚室，
三江入海田。
人从天命直，
月向自心圆。

岁末口占

悄然冬节至，
不觉蓬心除。
永夜疏星伴，
不期卿相舆。

己亥春雷

夜听雷隐隐，
晨见鸟虫追。
天意生群物，
人何独自危。

听周至禹先生论画有感

眼与手相见，
心灵变画图。
非因模拟故，
只是性情驱。

红花洋槐

紫凤珍奇色，
深藏绿叶丛。
若无明慧眼，
怎识异妆容。

酢浆草

花如星散落，
零乱缀春田。
偶觉心明亮，
忽焉来眼前。

一年蓬

幽居田野墅，
不羡远行帆。
曾渡苍茫海，
列星青绿岩。

紫　藤

春风无限意，
馥郁满庭芳。
花下人来去，
谁怜一蕙香。

细叶美女樱

曾住雨林窈，
移来望海楼。
莫愁花不语，
自有美人眸。

黄金菊

仰面群星灿，
长裙比翠云。
愁容冷雨晦，
巧笑南风熏。

车轴草

联翩驰白马，
缓缓到天涯。
重叠弥遐迩，
银波卷浪花。

海　桐

迤逦回墙仞，
周行护曙光。
心存敦厚意，
异卉蕴清香。

柳　絮

漫漫连天雪，
穿花越水亭。
游鱼争唼唼，
误认是浮萍。

琼　花

蔓蔓重叠碧，
白玉结圆环。
帝子归何处，
清芬向楚山。

己亥初夏

日色乌云透，
窗纱染绿深。
鹧鸪啼午后，
转向小园寻。

菖 蒲

偶伴鱼为友，
身闲懒问津。
清心临水镜，
不肯逐风尘。

三色堇

绚丽甘平淡，
平添一分春。
连绵遮远道，
不羡岭头云。

雨夜诸友小集听杨成虎师论乡贤诗

夜近人归急，
台风过海东。
迎师莲座上，
述旧甬城中。
少做潜山客，
壮游天地通。
精诚何所欲，
不辍弦歌风。

游西湖永福寺

笑论鸳鸯瓦，
清心沐手池。
悠游忘机处，
普照佛光时。

灵隐飞来峰远眺抒怀

怅望青峰上，
吾家云水乡。
何妨心定处，
独卧理公床。

过灵隐寺

守寺双狮笑，
穿林一径泯。
望山空浩叹，
向佛不回身。

题西湖本徕小馆

墙白依山麓，
窗明向水涯。
茶香龙出井，
室满客茹斋。

别杭州

夕阳北峰外，
岭下竹林疏。
潮起知何处，
月高归路徐。